밤과 낮

밤과 낮

장재희 소설

교유서가

차례

밤과 낮

1

문샤인이 어두웠다. 모하는 화분이 놓인 창가로 다가갔다. 토끼 귀 모양의 커다란 잎 하나가 무겁게 축 처져 있었다. 처진 잎에 손가락 끝을 대었다. 은은하게 빛나던 잎은 수분을 머금은 채 검은빛으로 변해버렸다. 잎이 무르는 건 물을 많이 줬을 때 일어나는 현상이었다. 역시나 화분 받침대에는 물이 고여 있었다.

모하는 미간을 찌푸렸다. 특히나 문샤인은 물을 적게 줘야 하는 식물이었다. 물이 부족해서 시든 거라면 흠뻑 주면 생생하게 살아나지만, 물을 많이 줘서 뿌리가 썩은 경우는 살려내기가 힘들었다. 모하가 물을 준

건 이틀 전이었다. 아무래도 여자가 오늘 낮에 다시 물을 준 것 같았다.

여자는 모하와 집을 공유하고 있는 사람이었다. 새집을 구하기로 마음먹었을 때, 세입자나 룸메이트가 아닌 '집을 공유할 사람'을 찾는다고 쓴 것이 모하의 눈길을 끌었다. 18평 오피스텔입니다. 보증금 없이 월세의 절반만 부담하는 조건이며, 낮과 밤으로 나누어 각자 정해진 시간에만 이용해야 합니다.

적은 월세만으로 집을 구할 수 있었지만 모르는 사람과 원룸을 함께 이용한다는 것이 내킬 리는 없었다. 하지만 대학을 졸업하고도 1년 넘게 학교 앞 셰어하우스에 머물던 모하로서는 쉽게 마다할 수 없는 조건이었다. 모하는 여자를 만나본 뒤 결정하기로 했다.

다음날 모하는 오피스텔 근처의 커피숍에서 여자를 만났다. 나이가 자신보다 열 살쯤 혹은 열다섯 살쯤 많을까 싶었다. 당장 의류 광고모델로 카메라 앞에 서도 어색하지 않을 차림과 외모였다. 여자는 집을 공유하는 조건을 좀더 명확히 설명했다. 사생활과 관련된 내용인데도 자신의 요구를 전달하느라 필요한 내용만 간추려 말하는 것이 적당한 거리감을 주었다.

여자는 인근의 아파트에 살고 있다고 했고, 초등학생인 두 아이가 학교와 학원에 가는 시간 동안만 오피스텔에 머물 거라고 했다. 그러니 오전 10시부터 오후 5시까지만 집을 비워주면 된다고. 그 외의 모든 시간이 모하에게 주어지는 것이었다. 처음이자 마지막일 수도 있는 만남에서 여자는 서로의 상황을 고려해 침대와 붙박이 옷장은 손대지 않을 테니 모하가 사용하면 된다고 했다. 여자는 그럼 지금 가볼까요? 하곤 옆 건물의 오피스텔로 모하를 안내했다.

오피스텔 문을 열자 정면의 큰 창으로 커다란 나무가 한눈에 들어왔다. 늦여름의 푸른 잎이 창 안 가득 펼쳐져 있었다. 잎과 잎 사이로 햇빛이 반짝였다. 여자의 설명이 들려왔다. 티룸으로 운영했던 곳이에요. 그제야 고개를 돌린 모하는 월넛 색상의 마루와 하얗게 페인트칠을 한 벽과 고흐의 아몬드나무 벽지로 채운 포인트 벽까지 천천히 살펴보았다. 그 안에 싱글 침대와 1인용 소파, 탁자와 의자가 단출하게 놓여 있었다. 오피스텔을 둘러보던 모하는 만족감에 미소 지었다. 계약은 성사됐고 모하는 별문제 없이 두 달째 오피스텔에 머물고 있었다. 문샤인이 죽는다면, 여자와 모하 사이에 일어난 첫번째 사건이 되는 셈이었다.

모하는 힘없이 처져 있는 잎을 바라봤다. 문샤인은 산세비에리아의 한 종으로, 보기와는 달리 선인장과에 속했다. 반년 동안 물을 주지 않아도 된다는 설명을 어딘가에서 본 적도 있었다. 그만큼 생장력이 강한 종이었고, 그 점은 오랜만에 키울 화분을 고르면서 염두에 둔 부분이기도 했다. 가령 물 주는 걸 깜박 잊더라도 식물의 생장에 큰 영향을 미치지 않았다. 그 점이 키우는 데 유리할 수 있지만, 바로 그 이유로 한순간 시들어버릴 수 있다는 걸 왜 생각하지 못했는지.

모하는 왜인지 은호와의 대화가 떠올라 풋, 웃고 말았다. 여자의 오피스텔로 들어가고 난 뒤 처음으로 은호와 만났을 때였다. 은호가 지나치듯 물었다. 불편하면 우리집으로 올래? 모하는 갑작스러운 말에 글쎄, 하고 얼버무렸다. 그때 모하는 화원에 들러 구입한 문샤인을 옆에 두고 있었다. 모하의 시선을 따라 문샤인을 보던 은호가 식물 키우는 거 좋아했니? 하고 물었다. 모하가 응, 하고 대답하자 은호가 말했다. 그런 줄 몰랐네.

그날 이후였을 것이다. 은호가 근무하는 디자인 회

사의 팀원으로 출퇴근했던 계약직이 끝나면서 은호와의 만남이 줄었나 싶었다. 그렇게 멀어졌고, 결국 헤어졌다. 모하가 계약직 웹디자이너로 일하며 알게 된 인연 때문인지, 그래도 은호는 외주가 있을 때는 모하에게 스스럼없이 연락해왔다.

오늘 낮에도 은호에게서 브로슈어 한 건을 제안받았다. IT 회사의 이미지를 '하루'라는 콘셉트에 맞춰 드러내야 했는데, 작업 기간이 짧고 페이도 적었다. 아무래도 은호와 부딪칠 일이 많을 것 같았다. 모하는 제안을 거절했다. 은호에게는 한 가지 이유만 말했다. 페이가 적다고 하자 유감스럽지만 할 수 없지, 하는 말이 돌아왔다. 일부러 일거리를 주려는 건데 의외의 반응이라는 태도였다. 무엇이 유감스럽다는 건진 몰라도 일 있으면 다시 연락하겠다는 말에 크게 나쁜 뜻은 아니겠지, 하고 생각해버렸다. 그래도 당장 새 일을 찾아야 하는 모하는 약간 초조했다. 포트폴리오를 몇 군데 넣어두었지만 아직 연락 온 곳은 없었다.

모하는 창밖 길가에 늘어선 가로수를 바라보았다. 푸른 잎이 바람에 흔들렸다. 한동안 잎들을 바라봤다. 오피스텔에 처음 들어섰을 때, 모하의 시선을 단번에 사로잡았던 풍경이었다. 모하는 풍경에 다가가듯 창문을 열었다. 어스름에 짙어진 잎들이 잎 내음을 풍겨왔다. 옆집의 웃음소리가 선선한 바람에 실려왔다. 관계가 가늠되지 않는 젊은 남녀의 말소리가 단조롭게 이어지고 있었다. 함께 본 뮤지컬영화에 등장하는 배우에 관한 이야기 같았다. 어느 순간 여자는 발성 연습을 하듯 아, 에, 이, 오, 우, 하고 또박또박 큰 소리로 말했다. 남자가 따라 하자 이상한 리듬감의 돌림노래처럼 되어버렸다. 여자가 웃자 남자는 더 마구잡이로 소리를 냈다. 우, 츠, 츠, 카, 츠, 카, 푸, 타, 트, 티, 히. 소리는 점점 빨라져 알아들을 수 없다가, 이내 흩어져 들리지 않았다.

소리를 찾듯 옆집 방향으로 고개를 돌렸다. 거리의 차 소리뿐이었다. 차 한 대가 막 골목을 빠져나가는 게 보였다. 나뭇잎들이 한 차례 더 흔들렸다. 자르르 잎들이 부딪치는 소리가 났다. 창문 앞에 놓인, 물을 잔뜩 머금고 물러버린 잎이 위태해 보였다. 뿌리는 아직 살아 있을까. 왜인지 은호의 질문이 떠올랐다. 식물 키우는 거 좋아했니?

모하는 은호와 헤어진 것에 대해 생각보다 담담했

지만, 그 질문만은 자주 귓가에 맴돌았다. 식물 키우는 것을 좋아하는 일과 이별은 무슨 관계가 있을까. 혹은 없을까. 누군가와 평생을 만나도 한 번씩 서로에게 의외의 점을 발견하고 낯선 얼굴을 보게 될 것 같았다. 은호에게만 느끼는 문제도 아니었다. 모하 또한 스스로 묻고 싶은 게 많았다. 자신이 정말 식물 키우는 것을 좋아하는지조차 알 수 없다고 생각했다.

모하의 집에는 늘 식물이 많았다. 어릴 때부터 할머니와 함께 살았고, 식물을 좋아하는 할머니 덕에 자연스레 식물들과 친해졌다. 모하가 고등학교에 입학할 무렵 할머니는 치매 진단을 받았다. 그리고 언젠가부터 할머니는 화분에 자꾸 물을 주기 시작했다. 식물이 물을 더 많이 먹어도 되도록 햇빛이 가장 잘 드는 곳으로 일부러 화분을 옮겼다. 할머니를 여러 차례 말리기도 했지만 알았다, 할 뿐 소용없었다. 모하는 화분 옆에 물 주지 마세요! 하고 써놓았다. 그래도 할머니는 물을 주고, 주고 또 주었다.

할머니가 아끼는 거잖아, 물 계속 주면 애도 배가 불러서 탈나요, 하면 봐라, 물이 아래로 쭉쭉 빠지잖아, 아낌없이 줘야 살지, 했다. 모하가 좀더 힘주어 할머니물 주지 마세요, 저기 써놓은 거 보세요, 물 주면 안 돼요, 하면 어떻게 물을 안 줘, 이것들은 물을 먹고 사는데 물을 주지 말라니, 했다. 공중식물에 곰팡이가 가득 피어났고, 화분 몇 개는 잎이나 뿌리가 썩어 죽어갔다.

어느 일요일, 늦잠을 자던 모하는 청소기 돌리는 소리에 잠에서 깼다. 커튼을 통과한 햇살이 방안에 은은하게 비쳐 들어왔다. 거실로 나가자 막 청소를 마친 엄마가 청소기를 정리하고 있었다. 소음이 사라지자 베란다에서 할머니가 공중식물에 물을 주는 소리가 들려왔다. 공중에 그대로 뿌린 물이 바닥으로 똑똑 떨어졌다. 할머니는 그 옆의 대형 화분에도 물을 주었다. 멀리서 봐도 화분 받침대에는 물이 흥건했다. 모하는 그대로 소파에 앉았다. 베란다 창으로 들어오는 햇빛에 눈이 부셨다. 얼굴을 찡그린 채 멍하니 할머니를 바라봤다.

그날 오후, 할머니가 낮잠에 빠졌을 때 엄마가 과일 먹을래? 하고 물었다. 엄마와 식탁에 마주앉은 모하는 사과를 깎고 있는 엄마를 보면서 생각했다. 할머니가 더 중요해? 화분이 더 중요해? 모하는 스스로 던진 질문에 순간 당황했고, 상황을 모면하듯 빠르게 속으로 대답했다. 할머니가 중요하지. 그래, 복잡할 거 없어. 하지만 모하는 왠지 모를 이상함과 부끄러움을 느꼈다.

식탁 한쪽에는 할머니의 약상자가 놓여 있었다. 상자에는 매일 먹어야 하는 약이 깔끔하게 정리되어 있었다. 모하는 고개를 내저었다. 아니야. 이상한 거 아니야. 지금처럼은 해결이 안 되잖아. 그러니까 할머니 마음이라도 편하게 해드리자. 그래야 나도 편해.

엄마가 고개를 절레절레하다가, 다시 끄덕끄덕하는 모하를 보곤 눈을 가늘게 뜨며 물었다. 맛이 괜찮아? 모하가 사과를 한입 베어물며 대답했다. 응, 맛있어. 이후로도 할머니는 할머니만의 정원을 계속 가꿔나갔고, 모하는 식물 대신 할머니를 선택했다.

모하가 서울에 있는 대학에 들어가며 학교 근처의 셰어하우스에서 지내기 시작한 건 그즈음이었다. 졸업하고도 아르바이트하며 취업을 준비하느라 셰어하우스에 머물렀다. 그러는 동안 모두 세 개의 화분을 키웠지만, 이상하게 번번이 죽어버렸다. 화원에서 막 입양해온 화분은 새로 바뀐 환경에 잘 적응하지 못하고 시들어 말라버렸다. 방이 북향이라 빛이 부족할 수 있다고, 화분이 작아서 물을 주는 주기에 예민할 수 있다고 짐작할 뿐 정확한 원인은 몰랐다.

그 시절 모하는 대부분의 학생이 학교에 가고 집이 비어 있을 때면, 침대만 있는 작은 방을 벗어나 공동거실에서 시간을 보냈다. 화분을 햇빛이 잘 드는 거실 창가에 내다놓고 그 옆에 앉아 함께 햇빛을 받곤 했다. 어느 날은 관리 업무를 맡은 학생이 지나가며 말했다. 이집에선 화분이 잘 자라지 않더라고요. 그러곤 창가에 소품처럼 놓여 있는 바짝 말라 바스러질 것 같은 유칼립투스 화분을 가리켰다. 그 주변으로 빈 화분이 몇 개더 있었다. 학생이 말했다. 저렇게 꼭 두고 간다니까요. 모하는 세번째로 키우던 작은 고무나무가 죽고부터 더는 화분을 들이지 않았다.

그러던 중 6개월 계약직으로 일을 시작했다. 매일 9시에 출근해서 6시에 퇴근했다. 일주일에 2, 3일은 야근했으며, 가끔은 밖에서 시간을 보냈고, 주말에는 방에서 쉬거나 외출했다. 학교에 다니는 학생들과 다시 생활 패턴이 비슷해졌다. 자신의 방에 있어도 늘 누군가의 기척이 들려왔다. 모하는 셰어하우스를 나오기로 결정했지만 그게 언제가 될지는 몰랐다. 그리고 어느 때부터인가 집을 옮길 수도 있다는 생각에 무엇이든 소유하지 않는 편을 택했다. 방에 들여놓은 자기 옷과 자잘한 짐마저도 줄여나갔고, 꼭 필요한 것이 아니면 사지 않았다.

그런데 여전히 타인의 집에서 지내면서도 오랜만에 화분을 구입한 터였다. 작은 화분이었지만, 모하에게는 크기로 가늠할 수 없는 존재감을 주었다. 모하가 화분을 집에 들여놓은 것은 여자가 행동이 조심스러운 사람이며, 서로의 영역에 대해 침범하거나 관여하지 않는다는 걸 알고 나서였다. 각자의 시간에 집에 머물 뿐 두 사람은 서로 간 쪽지 한 장 남기는 법이 없었다. 그렇게 공존하는 방식이 모하는 마음에 들었다. 비로소 자신만의 공간을 누리고 있다고 느꼈다.

모하는 창가에 걸터앉았다. 창밖의 크고 작은 움직임을 눈으로 좇다가 멀리서 날아오는 새를 바라보았다. 새가 점점 가까이 날아와 오피스텔 건물 옆을 지나갔다. 모하는 괜스레 한발 물러섰지만 이내 밖으로 고개를 내밀었다. 옆집의 열린 창에서 음악소리가 들려왔다. 라이크 더 비트 비트 비트 오브 더 탐탐 웬 더 정글 쉐도우즈 폴. 라이크 더 틱 틱 톡 오브 더 스타틀리 클락 애즈 잇 스탠즈 어게인스트 더 월. 노래에 귀를 기울였다. 아이 씽크 오브 유. 데이 앤 나잇, 나잇 앤 데이. 혼자만의 공간을 찾아 이 오피스텔에 왔으면서도 바깥소리에 매번 귀를 기울이고 말았다. 귓가에 노래 속 단어가 반복적으로 울렸다. 비트, 비트, 비트, 틱, 틱, 톡.

모하는 노래를 흘려들으며 앞으로의 일들에 대해 생각했다. 데이 앤 나잇, 나잇 앤 데이. 흔하게 듣곤 하던 단어가 새삼 두드러지는 순간, 하루의 시간이 선명히 다가온 느낌에 약한 긴장감을 느꼈다. 어쩌면 은호가 제안했던 브로슈어 때문인지도 몰랐다. '하루'라는 콘셉트가 무언가 생각을 불러일으켰다. 하루는 무엇으로 이루어질까, 하고 막연한 질문을 던져보는 것이었다.

모하는 당분간 낮 동안 무엇을 해야 할지 몰랐다. 계약직 근무가 끝난 뒤로 매일 밤 다음날 낮에 갈 곳을 정해두고는 했다. 매일 같은 시간 집을 비우는 것이 생각보다 쉬운 일은 아니었다. 물론 여자가 하루도 빠짐없이 매번 같은 시간에 오피스텔에 오는 것은 아닐 터였다. 하지만 서로 간 굳이 연락하는 일 없이, 부딪치는 일 없이 공존하려면 기본적인 규칙은 필요했고, 지켜야 했다.

밖은 이제 어두웠다. 모하는 창밖의 거리와 건물들을 훑어보았다. 길가에 주차된 차들이 늘어난 만큼 골목은 좁아진 듯 보였다. 맞은편 건물 앞에 주차된 검은 자동차에 눈길이 갔다. 한 남자가 차에서 내렸다. 동시에 남자와 눈이 마주쳤다. 남자는 그 자리에 멈춰 있었다. 그러곤 마치 모하와 눈인사라도 나눈 듯 다시 차에 올라 골목을 빠져나갔다. 길고양이 한 마리가 자동차가 막 지나간 골목을 가로질러갔다. 모하는 아슬아슬함을 느꼈다. 또 다른 차 한 대가 길목으로 들어서자 길고양이는 어느 집 담벼락으로 뛰어올라 사라졌다. 언젠가 같은 장면을 본 것 같았다. 아무것도 아닌 일들이 자꾸만 기억에 남아 떠올랐다.

모하는 창문을 닫았다. 겹겹이 들어서 있는 주변의 아파트 창들에 하나둘 불빛이 켜졌다. 하얗고 쨍한 조명등, 은은한 주홍빛 전등, 알록달록한 장식조명까지. 환하거나 흐리거나 깜박이는 불빛들로 밤은 다시 밝아지고 있었다. 더 어두워도 좋으련만. 집마다 저녁식사를 마치고 티브이를 볼 즈음의 시간. 여자는 이곳에서 걸어갈 수 있는 거리에 집이 있다고 했다. 아마도 저 불빛 어디쯤이겠지.

여자는 크고 안락한 집을 두고 왜 이런 작은 오피스텔이 필요했을까. 구체적인 사정이야 알 수 없지만, 누구에게든 작업실이나 휴식공간이 필요할 수 있었다. 그래도 남편이 출근하고 아이들이 학교에 가 있는 동안 집에는 오로지 여자 혼자일 텐데, 여자는 무엇을 찾아 이 오피스텔에 오는 걸까.

쓸데없는 생각을 비집고 모하의 머릿속에 몇 장의 스케치가 그려졌다. 모하가 문샤인을 가지고 은호의 집으로 들어간다. 창가에 화분을 둔다. 둘은 각자의 일을 하며 함께 산다. 봄 여름 가을 겨울, 계절이 지나간다. 연인은 헤어지지 않고 결혼한다. 첫째가 태어나고 또 시간이 흘러 둘째가 태어난다. 부부는 좀더 넓은 집으로 이사한다. 화분은 다시 새집 창가에 놓인다. 화분을 보고 은호가 묻는다. 식물 키우는 거 좋아했니? 모하가 대답한다. 정말 좋아하지. 은호가 말한다. 그렇구나. 빨리 말해주면 좋았을걸. 너에게 한 번도 사준 적 없잖아. 모하가 말한다. 뭐라도 말할 걸 그랬나? 괜찮아. 이제부터 잘해보자.

모하는 후, 하고 크게 숨을 내쉬었다. 화분이 그 자

리에 있을 거라는 사실 말고는 모든 게 불가능한 일처럼 여겨졌다. 그러니까 이건 식물의 꿈이 아닐까, 하고. 식물이 안전하고 행복한 집에서 자라길 바라며 꾸는 꿈같은 이야기라고. 그럼, 식물이 죽으면 그 꿈은 어떻게 되나. 사라지나. 유야무야 흘러가나. 흘러가 사라지는 모든 이야기는 꿈인 건가.

모하가 남자친구와 헤어졌다고 말했을 때 엄마는 왜? 하고 물었다. 모하는 꼭 만나지 않아도 될 것 같아서, 하고 대답했다. 그러자 엄마가 말했다. 그럼 꼭 안 만나야 할 이유도 없는 거네. 정말 그런가, 하고 모하는 멍한 웃음을 지었다.

모하는 어쩐지 은호가 보고 싶었다. 언제나처럼 바로 전화를 걸어 은호가 제안했던 브로슈어에 관해 이야기하고 싶었다. 모하는 은호에게 문자를 보냈다. 그일 해볼게. 콘셉트에 대해 더 듣고 싶어. 은호에게서 바로 답문이 왔다. 어쩌지. 이미 다른 팀에 넘어갔어.

모하는 다시금 문샤인을 바라봤다. 당장이라도 바람을 맞고 햇볕을 쬐면 조금씩 생기를 되찾을 것도 같았다. 하지만 방금 창문을 닫았고, 이미 밤이었다. 우습게도 서로 다른 두 세계가 조화를 이루지 못한 결과물처럼 여겨졌다. 하지만 여자도 화분을 멍하니 바라보는 일이 있었을까? 화분을 보며 자신처럼 편안함을 느꼈는지도 모를 일이었다. 모하는 여자가 화분을 바라보는 모습을 머릿속에 그려보았다. 순간적인 기분에 물을 주면서도 하루 만에 시들어버릴 거라곤 생각도 못했을 테지.

문샤인의 시든 잎을 바라보는 동안, 오래전 스스로 던졌던 질문이 다시금 떠올랐다. 할머니가 중요해, 화분이 중요해, 하는 물음이. 할머니가 중요하지, 하는 대답이. 할머니가 중요하고, 내 가족이 중요하고, 나의 일이 중요하고, 또 무엇이 중요할까. 그렇게 더 중요하고 덜 중요한 것을 가리는 게 맞을까. 덜 중요한 것을 하나둘 지워나가다 보면 세상엔 결국 무엇이 남게 될까.

모하는 새 일을 구하기 전 본가에 다녀와야겠다고 생각했다. 할머니는 지금도 화분에 물을 주고 있을지. 언제든 집에 가면 할머니는 오늘 아침 집을 나섰다 돌아온 이를 대하듯 이제 오니, 하고 반겼고 모하는 응, 하고 대답했다. 할머니의 치매 증상이 심해지고 있었지만, 할머니의 그 말만큼은 언제나 모하의 마음을 편안하게 해주었다.

집에 가기 전에는 화원에 먼저 다녀와야 했다. 문샤인의 썩은 뿌리를 잘라내고 흙을 갈아줘야지. 운이 좋으면 살아날지도 몰랐다. 모하는 오피스텔에 머무는 동안 계속 화분 하나를 키울 생각이었다. 화분은 곧 모하가 집에 대해 갖는 편안함을 확인시켜주었고, 아직이 집에서 떠나지 않아도 된다고 안심시켜주었다.

모하는 창에서 돌아섰다. 순식간에 어둑해진 방. 창옆의 스탠드를 켰다. 1인용 소파와 침대, 탁자, 의자에 이르는 한 사람 몫의 가구를 하나하나 눈으로 훑었다. 문샤인이 살아난다면, 이번만은 여자에게 메모를 남겨야 할지도 몰랐다.

2

하루 새 창가의 화분이 보이지 않았다. 서경은 화분이 있을 만한 곳을 살폈다. 아무래도 여자가 가져간 모양이었다. 여자가 둔 물건에 관심을 가져본 일은 없었다. 그런데 어느 날 여자가 들여온 작은 화분에는 어쩐지 마음이 갔다. 짐이 거의 없는 여자가 웬일로 화분을 두었을까, 하는 호기심이 먼저였다. 여자가 가지고 온 짐이라곤 옷가지와 간단한 세면도구, 책 몇 권, 노트북이 전부였다. 그 흔한 액세서리, 집을 꾸미는 작은 소품 같은 것도 없었다. 여자의 짐은 여행용 가방 하나 정도의 분량으로 보였다.

오피스텔을 누군가와 공유하기로 결정하고 광고를 낸 뒤, 처음 연락을 준 사람이 여자였다. 서경은 첫 만남에서 계약이 성사될 거라고는 기대하지 않았다. 작업실을 찾고 있는 작가나 저렴한 공부방을 찾는 사람중에 그나마 조건이 맞는 사람이 있다면 다행이라고 생각한 터였다. 하지만 여자는 예외의 경우처럼 보였다. 본가는 지방이지만 고등학교를 졸업하고부터 계속 서울에서 지냈고, 셰어하우스에서 나오기 위해 살 집을 구하고 있다고 했다. 거기까지는 그저 흔한 사연일지 몰랐다.

그런데 다음 말이 왜인지 서경의 마음을 끌었다. 서경이 짐은 오피스텔의 창고에도 보관할 수 있다고 알려주자, 여자는 짐이 없다고 했다. 외지에서 프리랜서로 일하는 동안 버는 것도 쓰는 것도 줄어버렸다고 태

연하게 말했다. 최소한의 돈을 벌고 최소한의 소비를 하는 것. 그때 서경은 오래전 자신이 한동안 이상적이라고 생각했던 삶이, 하지만 살아보지 못한 삶이 그런 게 아니었을까, 하는 생각을 했다.

서경이 지금의 남편과 만나기 전, 7년을 사귄 연인이 있었다. 두 사람은 결혼식과 신혼여행을 생략하고 스페인에서 1년 일정의 도보여행을 하기로 했다. 통장을 만들어 함께 적금을 붓고 차근히 계획을 세워나갔다. 비행기와 여행 초반에 묵을 몇 군데의 숙소 예약을 마쳤고, 만날 때마다 꿈꾸듯 여행 이야기를 나누었다.

여행을 두 달쯤 앞둔 어느 시점, 서경의 부모는 친구 지인에게 받은 거라며 한 남자의 사진과 프로필을 보여주었다. 부모의 거듭된 설득에 서경은 직접 만나 상황을 매듭짓겠다는 생각으로 맞선을 수락했다. 그리고 한 달 뒤 서경은 연인의 통장으로 함께 모은 여행 자금을 정확히 반으로 나누어 보냈다. 비행기와 숙소의 취소 수수료는 자신이 부담하겠다고 말해둔 터였다. 연인은 자신의 예약분은 그대로 두라고 했다. 연인에게 들은 마지막 말이었다.

맞선을 보고 난 뒤 정확히 두 달 만의 결혼이었다. 남편의 조건에 맞추느라 비교적 화려한 결혼식을 올렸고, 결혼식을 치르느라 스페인 여행을 위해 모아둔 돈을 모두 써버렸다. 그리고 스페인이 아닌 몰디브로 신혼여행을 갔다. 휴양지로의 짧은 여행은 적도의 햇빛에 의한 피부 트러블과 함께 끝났다. 서경은 몇 년간 모아온 여행 자금을 하루아침에 탕진한 것 같아 공허한 마음이 들었다. 예정한 대로 스페인 어딘가를 걷고 있을 연인이 생각나기도 했지만, 그 생각은 오래거나 깊지 않았다.

서경은 커피 물을 끓였다. 드리퍼에 종이 필터를 올리고, 곱게 간 커피를 덜어넣고, 적당히 식힌 물을 부었다. 느린 동작으로 원두향을 맡고, 커피를 내리면서도 줄곧 화분이 있던 자리에 눈길을 주었다. 여자의 행동에 대한 관심이 먼저였다 해도 이상하게 마음이 갔다. 서경은 식물을 손수 키워본 적이 없었다. 남편이 키우던 것부터 선물로 들어온 것까지, 집에는 화분이 10여 개 있었지만 그다지 관심을 두지 않았다. 화분을 가꾸는 일이라면 남편의 몫이었다.

기업 컨설팅 회사의 중역인 남편은 늘 업무에 쫓겼다. 회사일과 관련해서 서경에게 말하는 법 또한 없었기에, 날로 대화가 줄어든 것은 당연했다. 그런 남편이 유일하게 하는 집안일이 화분을 돌보는 거였다. 남편이 화분에 물을 주거나 잎을 닦으면 아이들이 곁을 지키며 따라 했다. 서경은 언젠가 생각한 적이 있었다. 그 시간조차 없다면, 하고. 서경은 베란다의 작은 숲을 가꾸는 남편과 아이들의 시간을 방해하지 않으려 했다. 화분에 관해서라면 묻지도 보지도 않으며 그들의 세계에 끼어들지 않는 방식으로.

그런데 오피스텔에서 처음 화분을 본 날, 모양새가 낯이 익었던 서경은 집에 돌아가 같은 품종이 있는 것을 확인했다. 남편에게 이름을 묻자 '문샤인'이라고 했다. 이름이 예뻐 생긋 웃자 남편이 말했다. 산세비에리아종이 보통은 잎 색이 짙어 투박한데 이건 에메랄드 빛 옅은 색상이라 더 곱지. 서경은 고개를 끄덕였다. 은은한 빛깔이 꼭 그 이름 같았다. 계속 보고 있자 남편이 말을 이었다. 보기와 다르게 선인장과라 생명력이 좋아. 그런데 극과 극처럼 식물 특유의 예민함이 있지.

예상외로 자세한 설명에 서경이 말했다. 당신 잘 아네. 남편이 회사에도 같은 종이 있다며 이어 말했다. 어머니 댁에도 있는데, 산세비에리아. 몰랐어? 서경이 그래? 하고 대꾸하자 남편이 말했다. 당신이 물 준 적한 번도 없지? 물도 주고 키우다보면 자연히 알게 되는 것들이야. 간단한 정보는 인터넷에 검색하면 다 나오고. 남편은 할말을 다 한 듯 서경에게서 바로 시선을 거두고 핸드폰을 들여다봤다. 순간 서경은 지금 남편이 자신을 질책한 건가 싶었다. 화분에 물이라도 주라는 건가, 하고.

서경은 커피를 마시며 화분이 있던 자리를 바라보았다. 집에 있는 나무와 꽃들은 그냥 두어도 서로 어울려 잘 자라줄 것만 같았다. 그런데 여자가 가지고 온, 창가에 홀로 놓인 문샤인은 잘 자랄지 괜스레 걱정되었다. 그러다 하루 만에 보이지 않자 신경쓰였다. 서경은 오피스텔의 소파에 앉아 있을 때면 화분을 자주 바라보았고, 그러다 낮잠에 빠져들기도 했던 터였다.

서경은 잠이 올 것 같아 손에 들고 있던 커피잔을 탁자 위에 내려놓았다. 눈을 감았지만 창으로 들어오는 햇살이 고스란히 느껴졌다. 서경은 눈을 가늘게 떴다. 멀리 초록빛 점이 보였다. 작은 점들이 하나둘 멍울져 보이다가 흐릿하고 큰 원이 되어갔다. 서경은 잠을 깰 마음으로 몸을 곧추세웠다. 화분이 있던 자리, 그 너머로 창밖 길가에 늘어선 가로수의 잎들이 바람에 흔들리고 있었다.

서경은 일어나 창가로 갔다. 빠르게 지나가는 차 한 대를 눈으로 좇았다. 언젠가 이맘때쯤 남편의 차가 지나가는 걸 보고 의아했던 적이 있었다. 하지만 이내 차종만 같은 거라는 생각에 웃고 말았다. 이번에도 착각이라 여기며 서경은 창문을 열었다. 옆집에서 젊은 남녀의 웃음소리가 들렸다. 연이어 나지막이 팝송이 흘러나왔다. 인 더 로링 트래픽스 붐, 인 더 사일런스 오브 마이 론리 룸, 아이 씽크 오브 유. 데이 앤 나잇, 나잇 앤 데이. 경쾌한 듯 감미로운 음악 속에 두 사람이 이야기를 나누는 소리가 들려왔다. 여자가 말했다. 아니야, 다시 해봐. 더 쭉, 가볍게.

그 순간 서경은 양팔을 쫙 펴며 미끄러지듯 스텝을 밟는 댄서의 움직임을 상상했다. 한없이 미끄러지다 점차 날아오르는 상상. 서경은 멀리 날아가는 새를 눈으로 좇았다. 또다른 새 한 마리가 날아와 창가 앞 전깃줄에 앉았다. 새는 지저귀며 얕게 날아올랐다 다시 앉았다. 새의 지저귐이 유난히 크게 들렸다. 새는 몇 번이고 날아올랐다 앉기를 반복했다. 지저귐도 이어졌다.

무언가 할말 많은 새 같다는 생각에 미소가 지어졌다. 이왕이면 기쁜 소식을 전해주었으면, 하고 바라기까지 했다.

몇 달 전, 서경은 남편의 양복 주머니에서 영수증 한 장을 발견했다. 평소처럼 쓰레기통에 버리려는데 상호가 눈에 들어왔다. '단순한木木木숲'. 글자 가운데에 나무 목 자 세 개가 일렬로 이어져 있었다. 서경은 영수증을 펼쳐 보았다. 남편의 회사에서 좀더 외곽으로 나아간, 서울 근교의 레스토랑 영수증이었다. 영수증에 찍힌 날짜는 남편이 종일 회사에서 회의했다고 말한 날이었다. 무언가 이상했지만, 다시 생각해보면 그리 이상한 일도 아니어서 별다른 의미를 두지 않았다.

그런데 며칠 뒤 두번째 영수증을 발견했다. 그런데도 영수증에 찍힌 날짜를 두고 그날은 뭘 했느냐고 남편에게 물어볼 엄두가 나지 않았다. 종일 회의를 했다고 한 날도 남편이 거짓말을 한 것일까. 서경의 머릿속에서 의문이 점점 자라났다. 발견 안 된 영수증이 더 많을 거라는 사실을 감안하면 자주 가는 곳이라고 짐작해볼 수 있었다. 서경은 영수증을 더 살펴보았다. 인쇄가 지워져 글자가 흐릿했지만 한눈에 알아볼 수 있었다. 남편이 주문한 메뉴는 간단했다. 화이트와인 두 잔과 연어샐러드. 한끼 식사를 하는 것도, 술을 과하게 마시는 것도 아니었다.

남편은 와인을 좋아했지만 서경은 술을 한두 모금밖에 마시지 못해서 둘은 술자리를 자주 갖지 않았다. 그렇다 해도 남편과 술잔을 두고 마주앉아본 게 언제였는지 떠올리자 까마득했다. 남편과 두 아이 틈에 있다보면 이런저런 대화가 오갔지만, 남편과 단둘이 속 깊은 이야기를 나누는 법은 없었다. 서경은 레스토랑에 앉아 와인잔을 앞에 두고 누군가와 긴 대화를 나누는 남편을 떠올렸다. 상대방은 검은 그림자로만 보였다.

서경은 탁자에 놓여 있는 커피잔을 바라봤다. 커피잔을 자신 앞으로 당겨놓았다. 몇 모금 마시지 않은 까만 액체가 출렁였다. 맞은편 자리를 보았지만 애초에 다른 이를 위한 의자는 준비되어 있지 않았다. 침대, 탁자, 의자, 1인용 소파. 두 사람이 공유하는 공간이라고는 믿기지 않을 만큼 모든 게 하나씩, 단출하게 자리를 지키고 있었다. 며칠 전 남편이 오피스텔에 더 필요한 건 없느냐고 물었을 때 서경은 아무것도 없다고 대답했다. 퇴근길에 오피스텔에 들러도 되겠느냐고 물었을 때도 여자를 이유로 그러지 않는 게 좋겠다고 대답했다.

오피스텔의 세입자가 계약 연장을 하지 않겠다고 했을 때, 서경은 세입자가 빠져나간 오피스텔에 점검차 들렀다. 6년 만의 방문에서 서경은 꼬박 반나절을 보냈다. 판매와 수업을 겸하는 티룸이었다고만 알고 있었다. 유럽식 아틀리에처럼 리모델링한 오피스텔은 아름다운 창문을 갖고 있었다. 격자무늬 창틀의 여닫이창은 창밖의 나무를 더욱 돋보이게 했다. 풍성한 잎이 창밖을 빼곡히 채우고 있었다. 저 창이 가을에는, 또 겨울에는 어떤 풍경을 보여줄는지. 서경은 다음날에도 오피스텔에 방문했다. 그다음날도, 그다음날도. 사흘째 되는 날에는 주문한 소파를 받아 창과 마주보는 위치에 두었다. 서경은 소파에 앉아 생각했다. 당분간은 여기 혼자 있어도 좋겠다고.

서경은 남편에게 세입자를 구하는 대신 자신이 오피스텔을 사용하고 싶다고 말했다. 다달이 나가는 관리비와 일정 수입 정도는 과외 그룹을 만들어 충당할 생각이었고, 남편에게도 그렇게 말했다. 당장 계획이 바뀌어 생겨난 비용부담은 공유자를 구해 해결하고자 했다. 이후 남편은 서경에게 여자에 대한 설명을 재차 듣고 난 뒤에도 모르는 사람이라고? 하고 되물었다. 남편의 질문에 서경은 이제는 아는 사람이지, 룸메이트, 하고 말했다. 그러자 남편이 숨을 한 번 길게 내쉬곤 또 물었다. 룸메이트가 그럴 때 쓰는 말인가? 서경이 어, 하고 대답했다.

서경은 식은 커피를 마저 마셨다. 다시 물을 끓이고 커피를 내렸다. 두번째 영수증을 발견하고 얼마 뒤, 서경과 남편은 남편의 회사 근처에서 점심을 먹을 일이 있었다. 서경은 시간이 많지 않은 만큼 식사와 후식을 한곳에서 해결하고 싶었다. 서경은 남편에게 근처에 괜찮은 데 없어? 하고 물었다. 그리고 순간, 자신의 질문을 의식했다. 어쨌든 남편은 서경을 가까운 한식당으로 데리고 갔다. 두 사람은 정갈한 음식과 어울리게 말없이 식사했다. 식사를 마치고 남편이 물었다. 커피 마실 거지?

서경은 남편을 따라 회사로 향했다. 회사 건물로 들어서며 남편이 말했다. 바로 회의가 있어서 시간이 별로 없네. 커피 시켜줄 테니까 마시고 가. 남편은 서경을 사내 카페에 앉히고 직원들 뒤로 줄을 섰다. 서경은 카페 안을 둘러보았다. 오피스 상권이라 그런지 지극히 실용적으로 꾸며져 정감이 가지 않았다. 더구나 음악소리는 컸고, 시간 내에 커피를 사려는 사람들로 소란스러웠다. 남편은 금방 줄지 않을 것 같은 줄에 서서 핸드폰을 들여다보고 있었다. 서경은 남편에게 다가가 말했다. 들어가, 내가 할게. 남편은 고개 들어 줄을 한 번 쳐다본 뒤 그럴래? 하곤 웃어 보였다. 서경이 남편을 향해 물었다. 오늘 바로 들어오지? 남편은 잠시 생각하다가 전화할게, 하고 말했다.

남편이 가고 난 뒤, 서경은 차례를 기다렸다. 줄을 서서 조금 전까지 앉아 있던 자리를 건너다보았다. 의자 위에 올려둔 자신의 검은 가죽가방이 눈에 들어왔다. 빈자리를 찾지 못한 몇몇 무리가 카페를 나가거나 음료를 든 채 서성이고 있었다. 웅성대는 소리가 점점 크게 들려왔다. 서경은 줄에서 벗어나 가방을 들고 카페를 나왔다.

주변을 둘러보았지만 눈길을 끄는 장소는 없었다. 회사 주변은 점심시간 내내 분주할 게 뻔했다. 마음 둘 곳을 찾지 못해 헤매는 사람처럼, 서경은 근처 어디에도 자신이 갈 곳은 없다는 기분에 빠져들었다. 그런 기분을 내세워 어딘가 가야 할 곳을 찾았다. 서경은 자신이 가고 싶은 곳이 어디인지 알 것 같았다. 남편이 자주 가는 곳이라면 나쁘지 않을 거라고 믿었다. 서경은 이것이 남편을 의심해서 나오는 불순한 의도는 아니라고 스스로 못박아두었다. 남편은 지금 회사에 있으니 곤란한 상황에서 마주칠 일 따위도 없다고. 서경은 지갑을 열어 남편의 영수증을 꺼냈다. 주소가 찍혀 있는 것을 확인하곤 택시에 올랐다.

택시는 정확히 레스토랑 정문 앞에 섰다. 서경은 천천히 레스토랑으로 들어섰다. 은은한 조명 아래 넓은 원목탁자가 적당한 간격으로 놓여 있었고, 큰 창 너머로 선명히 보이는 중정에는 제법 큰 나무 한 그루가 서 있었다. 큼직하고 단정한 것이 모여 조용하고 편안한 분위기를 자아냈다. 코너에 자리를 잡은 서경은 레스토랑 안에 있는 사람들을 좀더 살펴보았다. 근무복을 입은 웨이트리스, 모여 앉은 친구, 연인, 가족들. 그중 한 커플이 중앙에 놓인 진열대로 갔다. 플레인부터 갈릭, 먹물, 잡곡 등 종류별로 진열된 바게트를 바구니에 골라 담았다.

서경은 무언가 생각나는 것이 있었다. 남편이 바게

트를 한가득 사온 적이 있었다. 남편은 다짜고짜 말했다. 정말 맛있는 바게트야. 서경이 이걸 다 언제 먹어? 하고 묻자 남편이 말했다. 밀가루, 물, 소금만 넣고 만든 거야. 수분이 없어서 1년 이상 보관해도 곰팡이가 생기지 않아. 정말일까? 서경은 그건 좀 믿기지 않는다는 투로 고개를 갸웃했다. 어디서 사왔냐고 묻자 남편은 좀 멀어, 하고 대답했을 뿐이었다. 남편이 자신한 대로 빵은 맛있었고, 실온에 오래 두어도 변질하지 않았다. 서경은 바게트가 제공되는 샐러드와 레드와인 한 잔을 시켰다. 와인잔을 가볍게 돌려 향을 음미했다.

서경이 남편을 본 것은 40분쯤 뒤였다. 자리에 앉아 있던 서경은 맞은편 벽에 장식된 유리를 통해 레스토랑으로 들어서는 남편을 알아볼 수 있었다. 꼭 만나리라고 예상한 건 아니었지만 그렇다고 놀랄 만한 일도 아니었다. 하지만 회의가 있다고 하지 않았던가. 남편은 테이블에 앉아 커피를 주문했다. 그렇게 시간이 지나갔다. 10분, 20분, 30분. 서경은 맞은편 유리에 비치는 남편을 바라봤다. 다이어리에 메모하고, 책을 들춰보고, 한동안 창밖을 보기도 하는 한 남자. 시간이 더 흘렀다. 40분, 1시간. 바람을 맞은 걸까? 무언가 어긋

난 것일까? 알 수 없었다. 하지만 남편은 누군가를 기다리는 기색이라곤 없이 편안해 보였다. 커피를 마시는 동안 핸드폰을 꺼내 보지도 않았다. 그리고 서서히 서경은 남편이 아무도 만나지 않을 거라고 생각했다. 남편을 만나러 올 사람은 없다는 걸 알 것 같았다. 서경은 자신이 은연중에, 혹은 잠깐이라도 품었던 의심이 생각나 얼마간 멍한 기분이었다. 어쨌든 다행한 일이었다. 그렇다고 홀가분해진 건 아니었다. 오히려 가슴이 답답했다. 시간이 더 흘렀다. 서경은 역시 다행이야, 하고 생각했다. 그런데도 기분이 썩 좋지 않았다. 다시 남편을 바라보았다. 아무것도 바라지 않는 느긋한 상태, 편안한 얼굴. 적어도 근 몇 년 사이 자신이 본 적 없는 얼굴 같았다. 서경은 그제야 와인을 한 모금 마셨다. 묵직하고 씁쓸한 액체가 식도를 타고 흘러내렸다. 서경은 기계적으로 남은 빵을 씹어먹은 뒤 남편이 잠시 자리를 비운 틈을 타 레스토랑을 나왔다.

그날 저녁 서경은 남편에게 영수증을 보여주며 물었다. 나 몰래 만나는 사람이라도 있어? 남편은 영수증을 확인하고 알 듯 모를 듯한 표정을 지었다. 남편이 도리어 물었다. 무슨 생각을 하는 거야? 남편이 이내 대답했다. 회사 근처라 가끔 가는 곳이야. 서경은 그것이 있는 그대로의 솔직한 대답인 걸 알았다. 그렇게 남편에게 확인받음으로써 뭐라 설명할 수 없는 하루가 정리된 것 같았다. 남편이 잠들고 난 뒤, 서경은 인쇄가 거의 지워진 영수증을 펼쳐 보았다. 이제 그 안에 담긴 내용은 알아볼 수 없었다.

서경은 한 사람 몫의 가구들을 바라보았다. 맞은편 빈 공간에 의자를 하나 더 그려보았다. 왜인지 서경의 머릿속에는 단 한 번 갔던 레스토랑의 풍경이 하나하나 살아났다. 마음은 얼어 있는데 따뜻한 장소를 떠올리느라 무언가 분리된 듯한 이질감이 느껴졌다. 덕분에 서경은 차분히 그려나갈 수 있었다.

그곳에 남편은 혼자 있다. 한 테이블 떨어진 자리에 서경 또한 혼자 있다. 서경 앞에는 향이 풍부한 와인과 맛 좋은 바게트로 만든 오픈샌드위치와 토마토스프가 먹기 좋을 만큼 놓여 있다. 다시, 서경은 샌드위치보다는 그저 알맞은 크기로 썰어놓은 바게트가 더 낫겠다고 생각한다. 메뉴가 바뀐다. 담백한 바게트, 꿀과 마스카포네치즈. 감미로운 음악이 흘러나오고, 유리창 밖으론 커다란 스크린을 통해 보는 듯 파란 정원 풍경이 펼쳐져 있다. 서경은 남편을 향해 미소 짓는다. 남편도 서경을 향해 미소 짓는다.

서경은 후, 하고 숨을 내쉬었다. 오래 지켜보았던 레스토랑의 은은한 조명이, 그 아래 남편의 편안한 얼굴이 떠올랐다. 결국 각자의 생활을 책임지면 될 일이라는 생각, 모두에게 각자의 삶이 있을 거라는 생각이 마음에 서서히 내려앉았다. 자신이 그렇듯 남편 또한 혼자일 뿐이라고. 그리고 어느 순간 자그마한 기대감도 들었다. 그렇게 각자의 공간을 만들어가다보면 가끔은 서로를 초대할 수도 있을까, 하는.

그리고 또다른 손님으로 오피스텔을 공유하는 여자는 어떨지, 여자에게 정말 맛있는 바게트쯤은 선물로 전해주어도 되지 않을까, 하고. 실온에서도 오래 보관할 수 있는 바게트를 바구니에 가득 담아 전해주고 싶었다. 언제든, 원하는 때에 맛있게 먹을 수 있는 음식을. 심지어 여자가 부담스러워하지 않을 선물은 오직 그것뿐이라는 생각마저 들었다. 맞아, 이건 가볍고 특별한 거야, 하고 서경은 생각했다.

어느 순간 레스토랑에서 흘러나오듯 가볍고 감미로운 멜로디가 들려왔다. 라이크 더 비트 비트 비트 오브

더 탐탐 웬 더 정글 쉐도우즈 폴. 라이크 더 틱 틱 톡 오
브 더 스태틀리 클락 애즈 잇 스탠즈 어게인스트 더 월.
서경은 음악소리의 방향을 찾아 창문을 열었다. 소리
가 부드럽게 밀려들었다. 인 더 로링 트래픽스 붐, 인
더 사일런스 오브 마이 론리 룸, 아이 씽크 오브 유. 노
래가 귀에 익어가고, 점점 더 감미로워지는 리듬 속에
서로 다른 감정이 섞여들고 있었다. 데이 앤 나잇, 나
잇 앤 데이. 서경은 창가에 귀를 기울인 채 한동안 서
있었다. 화분이 놓여 있던 자리를 바라보며 처음으로
여자에게 쪽지를 남기면 어떨까, 하고 생각했다. 화분
이 보이지 않네요, 그저 궁금해서요, 하는. 아니면 화
분은 어디에 두었나요, 하고.

　음악소리에 연이어 시를 읽듯 무언가 또박또박 읊어
나가는 여자의 목소리가 들렸다. 누군가에게 읽어주
는 것인지, 아니면 누군가 듣기를 바라며 큰 소리로 읽
는 것인지 목소리는 어딘가로 향하고 있었다. 여자는
들려오는 노래 가사를 통역기에서 듣는 동시통역처럼
높낮이 없는 억양으로 읽어나가고 있었다. 배우가 발
성 연습을 하듯, 내부로 침잠하는 것이 아닌 외부로 뿜
어져나오는 또박또박한 목소리였다. 창가 주변을 걷고

있는지 소리가 작아졌다 커졌다 했다. 낮이나 밤이나, 내가 어디에 있더라도 당신 생각을 떨쳐버릴 수 없어요. 거리의 아우성 속에서도, 쓸쓸한 내 방의 침묵 속에서도 나는 낮이나 밤이나 당신을 생각해요. 당신과 사랑을 나누고 평생을 함께할 때까지 이 고통은 계속되지요. 밤이나 낮이나.

서경 또한 창의 이쪽 끝에서 저쪽 끝까지 걷고, 걷고, 걷다가 순간 멈춰 섰다. 무언가 당혹스러운 기분. 언제라도 저런 그리움을 느낀 적이 있었던지, 알고는 있었던 감정인지. 연기가 서툰 배우의 독백을 들으며 심드렁하다 뒤늦게 울어버린 것처럼 마음이 어지러웠다. 어쩐지 여자만은 자신의 마음을 헤아려줄 수 있을 것 같았다. 여자도 이와 같은 무대의 관람자가 되었던 적이 있을 터였다. 서경은 스미듯 소파에 몸을 기댔다. 잦아드는 말소리를 들으며 창가의 화분이 놓여 있던 자리를 응시했다.

햇빛이 빈 공간으로 떨어졌다.

수몰

열쇠는 긴 의자 끝에 정확히 놓여 있었다. 그 옆으로 우편물이 쌓여 있었다. 문을 열고 들어서자 큰 창이 눈앞에 펼쳐졌다. 바다가 햇빛을 받아 반짝거렸다. 먼 육지의 산이 둥글고 완만한 곡선으로 바다를 감싸안은 듯 보였다. 한때 여행지로 제법 알려졌던 섬이었다. 평온한 풍경 앞에 서자 왜 이제야 왔을까 하는 뒤늦은 아쉬움이 스쳤다. 섬은 수몰되고 있었다.

마을 사람은 대부분 섬을 떠난 지 오래였다. 나를 육지에서 섬까지 실어다준 뱃사람은 내게 이레네 집에 가느냐고 물었다. 이주신청을 하지 않은 몇 안 되는 집

중 하나이며, 그나마 높은 지대에 있어 섬에서 가장 안전한 집이라고. 집에 살던 사람이 얼마 전 떠났다는 말도 보태었다. 내게 메일을 보낸 관리인 여자를 두고 하는 말일 터였다.

여자에게 아버지의 부고를 알리자, 여자는 생각지 못한 답장을 보내왔다. 내용은 간단했다. 더이상 집을 돌볼 수 없습니다. 열쇠는 뜰에 있는 긴 의자 맨 오른쪽에 둘게요.

아버지의 아버지, 그리고 그 아버지의 아버지 때부터 살던 집이었다. 집 이름인 이레네는 증조할아버지가 증조할머니의 이름을 따서 지은 것이었다. 이렇듯 오래된 집에 대해 알고 있었지만 머지않아 사라질 섬인 터라 크게 의미를 두지 않았었다. 그마저도 아버지가 투병을 시작한 뒤로는 잊고 지냈다.

그런데 아버지가 돌아가신 뒤 유품을 정리하다가 아버지가 모아둔 사진을 보게 되었다. 이레네 집을 배경으로 찍은 사진 중에는 아버지와 할아버지의 어릴 적 사진도 있었다. 같은 장소에서 뛰노는 아이들의 사진은 대략 비슷해 보였다. 사진의 낡은 정도와 더러는 뒷면에 적어놓은 날짜를 통해 아버지와 할아버지를 분간

할 수 있었다. 그러다가 오래전 내가 어렸을 때도 같은 사진을 보았던 기억이 났다. 어머니가 함께 사진을 보며 한 사람 한 사람 짚어주었던 것도.

아버지의 사진을 다시 보자 알 수 없는 감정에 빠져들었다. 여자에게 받은 메일을 다시금 확인한 나는 뒤늦은 병가를 내고 섬으로 향했다. 감염병에 걸리고도 재택근무를 하며 평소와 다름없이 업무를 수행했지만, 섬에서는 인터넷 사용이 원활하지 않을 터여서 정상근무가 어려울 거라고 판단했다. 그래서 이번만큼은 아버지의 흔적을 따라가는 것 외에는 아무 일도 하지 않고 온전히 쉬겠다고 마음먹었다. 어머니에게는 가까운 곳으로 여행을 다녀온다고만 했다.

창으로 더 다가가자 멀리 바닷가에 한 남자의 형체가 보였다. 남자는 산책을 나온 모양이었다. 오래전 아버지의 모습이 떠올랐다. 목적지가 없는 듯 느린 걸음을, 조개나 작은 자갈 따위를 줍는지 이따금 허리 숙여 무언가를 집어드는 남자의 모습을 줄곧 지켜보았다.

뱃사람의 말이 생각났다. 이제 섬에는 이주를 앞둔

소수의 주민과 나무를 베는 작업을 지휘하는 간부와 인부 몇만이 남아 있다는. 그들도 모두 떠나면 이 섬에 드나드는 일은 어려워지지 않겠느냐고. 나는 뱃사람에게 물었다. 아직 섬을 찾아오는 사람들이 있나요? 뱃사람은 방문객이 드물지만 끊이지는 않았다고 했다. 수몰되는 섬을 보고자 일부러 찾아오는 사람들이라고.

　뱃사람은 그들의 모습을 기억해냈다. 며칠 동안 그림을 그리다 간 어린 커플, 오가는 동안 한마디도 하지 않았던 젊은 엄마와 아이, 건물의 한 면이 부서지고 입구에는 잡풀이 무성한 버려진 여관에 관해 묻던 사내를. 뱃사람이 이어 말했다. 혼자 찾아오는 사람도 꽤 있지요. 나는 더이상의 긴 대화를 피해 먼바다로 시선을 돌렸다. 뱃사람의 다음 말이 묘하게 안도감을 주었다. 고립된 곳이라고 괜한 걱정은 말고요.

　바닷가의 남자가 시야에서 더 멀어지는 것을 보다가 커튼을 쳤다. 얇은 커튼을 통해 들어온 빛이 집안에 낮게 드리웠다. 한쪽 벽의 붙박이형 책장과 다른 쪽 벽의 티브이, 오디오, 그 옆의 커다란 화병까지 거실의 세세한 모습이 점차 눈에 들어왔다. 가운데에는 커다란 나무탁자와 의자 몇 개가 배치되어 있었다. 걸음을 옮기며 주방과 방 세 개, 계단을 타고 올라가는 작은 다락방까지 하나하나 살펴보았다.

다시 거실로 돌아와 탁자에 앉았다. 책상과 식탁을 겸하는 용도일 거였다. 손을 많이 탄 나무탁자는 며칠째 닦지 않고 그대로 두었을 텐데도 곱게 윤이 났다. 꼭 이런 책상을 갖고 싶었다는 생각에 미소가 지어졌다. 과일이나 간단한 간식거리를 담아두었을 법한 둥근 나무그릇이 가운데 놓여 있었다. 오래된 가구와 집기들이었지만 관리를 잘하고 정성스레 청소한 흔적이 묻어났다. 여자는 좋은 관리인인 듯싶었다.

손이 닿는 곳에 있는 오디오 전원을 켜보았다. 전원이 들어오지 않았다. 시디 몇 장을 훑어보다가 아쉽게 내려놓았다. 주방 쪽으로 가자 낡은 냉장고가 보였다. 냉장고에는 메모가 한 장 붙어 있었다. 바닷바람을 많이 쐬어서 가전제품 성능이 좋지 않아요. 그저 오래돼서 그런지도 모르겠어요. 특히 냉장고가 시원치 않으니 주의하세요. 냉장고를 열자 청소한 뒤 오래 사용하지 않은 듯 말끔했다.

그대로 닫고 메모가 더 없는지 주변을 살폈다. 더이상의 메모는 보이지 않았다. 여자는 역시 말이 많은 사람이 아니었다. 그나마 메모를 남긴 것은 알려줘야 할 내용이 있다고 판단한 탓인 듯 보였다. 냉장고가 제대로 작동하지 않으니 주의하라는 말. 냉장고가 부실한 것은 오디오가 들리지 않는 것과는 다른 문제였다. 이 섬에서는 바닷물이 식수와 생활하수를 침범한 지 오래라 물이 귀했고, 먹을 것을 구하기도 쉽지 않았다. 더구나 이 집에서는 음식을 보관하는 것조차 수월하지 않으니 주의할 필요가 있었다. 여자는 무심한 듯하지만, 꼭 필요한 말을 딱딱하지 않게 전해주었다. 아버지가 여자에게 집을 맡긴 이유를 알 것도 같았다.

할아버지가 돌아가신 뒤, 집은 가족이 휴가 때나 종종 찾는 별장으로 쓰였다. 사실 아버지가 혼자 드나든 게 대부분이었다. 그마저도 아버지가 왜인지 발길을 끊은 뒤로 집은 골칫거리였다. 정부에서는 섬을 떠나길 권고하는 이주정책을 내놓았지만, 해수면이 높아지는 시기를 모니터링해 알리고 이주를 도울 뿐 강제성은 없었다. 하지만 수몰섬으로 알려져 낙후해가는 섬에 들어와 살 사람은 사실상 없었다. 이주신청을 하면 집의 소유권을 잃는 대신 그에 합당한 이주자금을 받을 수 있었다. 집 문제를 해결할 거의 유일한 방법이었다.

　누군가는 살날이 얼마 남지 않은 노인에게 이주자금보다 값을 크게 불러 집을 넘겼다고도 했다. 하지만 어머니도 아버지도 그런 식의 해결에는 관심이 없었다. 어머니는 하루라도 빨리 이주신청을 하길 원했고, 아버지는 절대로 집을 버릴 수 없다고 했다.

　결국 아버지는 관리인을 구해 성실히 관리하는 조건으로 집을 넘겨주었다. 보증금도 월세도 요구하지 않았다. 내게는 그 일이 아버지와 어머니의 사이가 틀어진 결정적인 이유처럼 보였다. 아니면 그저 서로를 외면하는 데 필요한 구실이 되어준 건지도 몰랐다. 집을 관리하는 사람이 여자라는 것을 알고는 혹시 아버지와 남다른 사이가 아닐까, 하고 의심도 해봤다. 하지만 내가 아는 한 아버지는 관리를 맡긴 뒤로 한 번도 섬에 간 적이 없었다. 나로서도 굳이 머물지도 않을 집을 그대로 두는 것이 납득되지 않았다. 다만 가족 대대로 살아온 집에 머물지도 떠나지도 못하는 심정이라면, 아버지에게 있어 그것은 그리 단순한 문제가 아닐 거라고 짐작했다.

현관 앞에 그대로 둔 가방을 들었다. 그제야 현관 바닥에 놓여 있던 편지가 눈에 들어왔다. 아마도 문 밑으로 밀어넣은 것 같았다. 편지를 손에 들고 자세히 보았다. 주소와 함께 여자의 이름이 적혀 있었다. 언제 배달된 편지인지, 여자가 떠나고 당도한 편지인지도 분명치 않았다. 우체국 소인을 보아 한 달쯤 전에 배달된 것이었다. 여자에게 메일을 받은 시기와 비슷했다. 섬에는 우편 업무를 할 사람이 남아 있지 않았으니, 아마도 섬에서 가장 가까운 육지의 우체국에서 보내주었을 터였다.

집에 들어오며 얼핏 본 것이 생각나 현관문을 열었다. 문 옆 의자 위에 놓인 우편물을 들어 보았다. 한눈에 열 장은 되어 보이는 편지였다. 역시나 우체국 소인이 찍혀 있었다. 어떤 편지는 소인 없이 받는 이만 쓰여 있었다. 발신자가 직접 놓고 간 것과 우체국에서 배달된 것이 섞여 있는 듯했다. 나는 우체국 소인이 있는 편지와 없는 편지를 추려내었다. 필체도 확인해보았다. 모두 같은 필체였다. 어쩌면 발신자는 편지를 들고 우체국에 갔다가 더이상 편지를 보내줄 수 없다는 통보를 받았는지도 몰랐다.

편지들을 한 손에 모아 탁자 위에 올려두었다. 뒤늦게 가방에서 핸드폰을 꺼내 확인하자 윤성이 보낸 문자가 있었다. 잘 도착했니? 아기는 체한 거래. 걱정할까봐. 다음 문자도 확인했다. 잘 도착했어? 몸은 좀 어때? 혼자서 무섭진 않고? 답문 좀 줘.

윤성은 많은 시간을 함께한 친구였지만 결혼하고 아이를 낳은 뒤에는 좀처럼 만나기가 어려웠다. 섬에 함께 가기로 하고 꽤 좋아했는데 아이가 갑자기 아픈 탓에 이번 계획에 차질이 생긴 터였다. 나는 이제 잘 거라고, 낮에 통화하자고 짧은 문자를 보냈다.

가방을 열고 짐을 꺼냈다. 호밀빵과 바게트, 미니 잼, 단백질바, 캔커피, 생수 등 식료품은 주방 장식장에 옷가지와 세면도구는 방과 욕실의 선반에 각각 두었다. 간단한 정리를 마친 뒤 일찌감치 침대에 누웠다. 윤성에게는 함께 가자고 물었으면서도 왜 어머니에게는 말을 꺼내지 못했을까. 어머니도 한 번쯤은 이곳에 와보고 싶지 않았을까, 하는 생각이 들었다. 함께 가자고 했다면 어머니는 뭐라고 답했을지, 혹시라도 새아버지와 함께 오는 건 영 불편한 일인지. 알 수 없었다. 생각들 틈으로 여독이 밀려왔다.

아버지의 집에서 잠을 잔 탓인지 아버지가 나오는 꿈을 꾸었다. 바다가 내다보이는 정원이다. 아버지가 어린 나에게 목말을 태워준다. 나는 꿈속에서도 내가 어릴 때 이 집에 왔었는지 생각한다. 내가 기억하는 시절에 있었던 일은 아닌 듯하다. 오래전 잊힌 시간이 흘러간다. 아버지는 바닷가를 향해 걷는다. 따라가려 하자 어머니가 내 손을 잡아끈다. 어머니가 말한다. 그만 집에 가자. 나는 이곳이 싫어. 유령 동네 같아. 모든 게 사라지고 있잖아. 다시는 아이를 이 집에 데려오지 않을 거야. 나에게 하는 말인지 아버지에게 하는 말인지 알 수 없다. 알 수 없다는 기분이 든 순간, 나는 아버지를 외면한다.

어머니 손에 이끌려 걸으며 고개 돌려 아버지를 본다. 아버지는 바다 가까이로 걸어간다. 빛이 고운 조개 껍데기를 보았는지 허리 숙여 무언가를 줍기도 한다. 아버지가 바닷가에 서 있다. 나는 잠결에 눈을 감은 채 다음 장면을 이어가려고 했다. 아버지가 바닷가에 서 있다, 그다음은. 그러면서 잊힌 기억은 꿈으로 되돌아오는 것일까, 하고 기억을 연장하려 눈을 뜨지 않았다.

정오에야 겨우 잠에서 깼다. 섬을 한 바퀴 돌아봐야 겠다고 마음먹고 집을 나섰다. 앞뜰을 지나 대문 앞에 서자 낮은 담벼락 위에 놓인 편지가 보였다. 언제 두고 갔는지는 몰라도 누군가 집 앞까지 왔다 간 것이 분명 했다. 기척 없이 편지만 두고 간 것을 보면 다른 목적은 없을 터였다. 여자의 이름을 확인하고 편지를 다시 담 벼락 위에 올려두었다. 발신자는 여자가 떠난 걸 모르 고 있는 것 같았다. 어쩐지 답답한 마음이 들었다.

옛 유원지를 향해 비탈길을 내려갔다. 바닷바람이 불어왔다. 길가의 풀들이 바람에 흔들렸다. 시원한 바 람과 햇빛이 풍요롭게 느껴졌다. 기분이 한결 좋아졌 지만 무언가 미진한 마음에 뒤를 돌아보았다. 편지가 바람에 날려 담벼락 밑으로 떨어졌다. 나는 몇 번 더 돌 아보면서도 계속 앞으로 향했다. 집이 시야에서 사라 지자 좀더 속도를 내서 앞만 보며 걸었다. 이름 모를 꽃 을 몇 번이고 지나쳤다. 수몰되어 사라질 섬에도 꽃들 은 싱그럽게 피어났다. 그러다 어느 순간 나도 모르게 우뚝 멈춰 섰다. 섬에서도 낮은 지대에 속해 오래전 폐 허가 된 마을이 보였다. 나는 심호흡을 한 뒤 천천히 앞 으로 걸어갔다.

길 양편으로 이어진 집들이 작게만 느껴졌다. 오래된 명판 속 집 이름들이 어떤 것은 선명하게, 어떤 것은 흐릿하게 보였다. 어릴 때 아버지 손을 잡고 이 길을 지나갔었다. 아버지는 골목을 걸을 때 매번 다른 길로 갔다. 미로처럼 이어진 골목은 갈라지고, 다시 만나고, 또 갈라져서 넓지 않은 공간에서도 지루함 없이 오래 걸을 수 있었다. 골목을 걸으며 아버지는 이런저런 이야기를 들려주곤 했다.

어느 산책길에 나는 우리집이 왜 이레네 집이냐고 물었다. 아버지는 증조할아버지가 증조할머니의 이름을 따와 지은 것이라고 알려주었다. 집마다 명판이 붙은 것은 섬의 주소 개정 때 집 이름 짓기를 권장하면서부터였다고 했다. 나는 이레네 집, 이레네 집, 하고 말하며 괜히 웃었다. 증조할머니 이름을 함부로 부르는 것 같아 부끄러웠다. 그런 내게, 아버지는 집주인만큼 집을 잘 설명해줄 수 있는 건 없다고 말했다. 어린 나는 그 말을 집 이름은 모두 집주인의 이름이라는 뜻으로 잘못 알아들었다. 그래서 집 이름들을 곱씹으며 사람의 이름은 참으로 다양하다는 생각에 한동안 사로잡혔다.

언덕아래 집, 해가빛 집, 퍼니하우스, 바다와우산, 세가족 집, 겨슬 집, 그린나래, 예다움 집, 정다이 집, 한별나라, 가온뫼, 꽃채운 집. 나는 절대로 사람의 것일 리 없는 이름들을 다시 확인한 뒤에야 골목을 벗어났다. 집 이름들을 곱씹으며 지나온 골목길을 돌아보았다. 저기, 꽃채운 집의 낮은 담장을 따라 걸으며 방치되어 낡아가는 집을 보았지. 꽃채운 집에는 꽃이 없었다. 마당에는 잡풀이 무성했고 현관문은 한쪽이 내려앉아 휘었다. 커다란 창의 일부는 넝쿨식물로 뒤덮였고 일부는 유리가 깨졌거나 금이 갔다. 모퉁이의 깨진 부분으로 집안이 설핏 들여다보였다. 개어놓은 이불과 인형이 맞을까. 어둠 속에 가지런히 놓여 있던 그것은.

나는 가던 방향으로 발길을 돌렸다. 골목의 집들은 매일매일 낡아갈 것이었다. 무엇이든 다시 들어설 일은 없으므로 집을 부수지는 않을 터였다. 살던 사람이 떠났을 뿐이었다. 아버지의 어릴 적 사진을 보며 어머니가 했던 말이 떠올랐다. 그 섬은 도시와 많이 달라. 새로운 것이 뿌리내릴 수 없어. 어머니는 내가 섬에 가는 것을 좋아하지 않았다. 어머니의 말대로 긴 시간을 두고 수면이 높아지는 동안 사람들이 하나둘 떠나갔고, 그곳에 새롭게 자리를 잡는 사람은 아무도 없었다.

계속 걸어내려가자 유원지가 보였다. 한눈에 들어온 풍경은 잿빛이었다. 더 다가가자 매표소가 나왔다. 그래도 입구라고 아직까진 제법 번듯해 보였다. 놀이기구는 재활용이 가능한 부분만 철거한 것 같았다. 남아 있는 기구나 건물은 오랜 시간 방치되어 녹슬고 갈라져 있었다.

매표소 앞에 서서 입장권 가격표를 들여다보았다. 무료입장이라는 안내 대신 '입장료: 0원'이라고 적어둔 것이 특이했다. 언젠가 아버지와 매표소에서 입장권을 받았던 기억이 났다. 입장권에는 섬의 풍경을 스케치한 그림이 인쇄되어 있었다. 그로부터 시간이 꽤 지난 뒤, 아버지가 읽다 만 책장 사이에 책갈피로 꽂아둔 걸 보고 반가웠던 적도 있었다. 어떤 책인지 표지를 다시금 본 것까지도 기억나는데 막상 책 제목은 생각나지 않았다.

기억을 되짚으며 매표소에서 한 걸음 물러나는데, 매표소 벽의 투명 아크릴에 움직임이 비쳤다. 스크래

치가 많은 아크릴 면에 두 남자의 모습이 드러났다. 뱃사람이 말한 인부들인 것 같았다. 두 사람은 누가 먼저랄 것 없이 내게 다가왔다.

돌아보자 키 큰 남자가 인사인 양 물었다. 이레네 집에 오셨어요? 나는 네, 하고 대답하며 남자를 올려다봤다. 내 눈빛을 읽었는지 키 큰 남자가 다시 말했다. 여기 며칠 있으면 사람들 들고 나는 게 훤히 보여요. 나는 말없이 고개를 끄덕였다. 남자가 이어 물었다. 곧 떠나실 거죠? 그러곤 아무래도 좋다는 듯 한 주 뒤에는 나무를 벨 거예요, 하고 말했다. 나이 지긋한 작은 남자가 덧붙이듯 끼어들었다. 시끄러워서 못 있어요. 뭐 하러 여길 왔어요. 낯선 이들이라 경계해보려고도 했지만, 저들의 시선은 번번이 바다 저만치로 향하고 있었다. 빨리 일을 마치고 섬을 벗어나고 싶은 마음뿐인 것 같았다.

나는 멀리 높게 서 있는 나무들을 바라보았다. 다 베어버린다고 생각하자 쓸쓸했다. 나는 인부에게 물었다. 나무를 다 베어버리나요? 역시나 키 큰 남자가 먼저 대답했다. 쓸 만한 나무만요. 어떤 건 베어서 팔고, 어떤 건 옮겨 심고. 옮겨 심는 것도 돈 드는 일이라 절

차가 복잡해요. 대부분은 그대로 남아 물에 잠길 겁니다. 키 큰 남자는 그 모양새를 가늠해보는지 주변의 나무들을 둘러보았다. 남자의 시선은 유원지 끝 해안가의 반쯤 기울어 있는 나무에서 멈추었다.

시선을 따라가던 내 머릿속에 그림이 그려졌다. 파도가 치는, 해안가의 방파제가 무너지는, 모래와 흙이 쓸려가는, 나무들이 쓰러져 뿌리를 드러내는 모습이 차례차례 이어졌다. 해수면이 점점 높아져 물속 깊숙이 잠기기 전에 쓰러져 죽어가는 나무들을 먼저 보게 될 것이었다.

물속에 잠겨갈 나무들을 떠올리자 마음이 무거웠다. 두 남자는 용건이 끝났다는 듯 자리를 옮기려 했다. 하지만 나는 섬에 남아 있는 사람들에 대해 좀더 듣고 싶었다. 그런다면 편지에 대해 추측해볼 수도 있을 것 같았다. 섬에 있는 사람 중 누군가는 편지와 관련이 있을 테니. 직접 편지를 썼거나, 편지를 전달해주었거나.

나는 되돌아선 두 남자에게 다가갔다. 그리고 섬에서 작업하는 사람들이 얼마나 있는지 물었다. 키 큰 남자가 지금은 몇 명 없지만, 본격적인 작업에 들어가면 인부들이 더 올 거라고 했다. 내가 원하는 대답은 아니었지만 재차 묻지는 못했다. 결국 편지에 관해 묻게 된다면 누군가의 내밀한 이야기를 들추게 될 것만 같았다.

어쨌든 두 사람은 편지와는 상관이 없는 것처럼 느껴졌다. 첫날 창문을 통해서 본, 바닷가에서 서성이던 사람은 누구였는지. 오늘 본 두 사람이 아니라면, 다른 인부 중 한 명이거나 홀로 섬에 찾아온 또 다른 사람일 터였다.

집에 돌아와 남은 식료품을 헤아려보았다. 하루이틀 정도는 더 머물 수 있을 것 같았다. 호밀빵을 먹을 만큼만 잘라 나무그릇에 담은 뒤 탁자에 앉았다. 천천히 빵을 씹는 동안 창밖이 빠르게 어두워졌다. 먹고 난 그릇을 한쪽으로 밀어놓고도 줄곧 창밖만 바라보았다. 밖으로 나가면 어둠 속에서 길을 잃을 것 같았다. 섬의 밤은 정말이지 검은색이었다. 어떤 동요나 소란에도 두껍게 내려앉아 버티고 있을 것만 같은 색. 그럼에도 무언가 생생한 것들이 그 안에 숨어 있는 것 같았다. 이를테면 바다에 잠겨버린 섬 같은 것이.

일어나 창가로 갔다. 역시나 어두워 밖이 보이지 않

왔다. 창문을 열었다. 생각보다 파도 소리가 가까웠다. 창으로 더 다가가 밖을 내다보았다. 어둠에 눈이 익기를 기다려 겨우 사물의 형체만을 구별했다. 시야가 어두우니 소리가 더 생생하게 들렸다. 파도의 포말이 하얗게 일어났다 사라지는 것이 소리로 감지됐다. 나는 아예 눈을 감고 소리에 집중했다. 파도 소리가 점차 크게 들렸다. 어느 순간 사방에서 파도가 들이닥치는 것처럼 느껴져 퍼뜩 눈을 떴다. 밀물 때의 해수면은 생각보다 훨씬 가까이 다가와 있었다.

창에서 한 발짝 물러났다. 차가운 바닷바람에 절로 몸이 떨렸다. 이 정도의 해수면이라면 낮에 본 유원지도 일부는 물에 잠겼으리란 생각이 들었다. 오늘밤 파도가 크게 친다면 이레네 집에도 닿으려는지. 두렵지는 않았다. 수몰은 천천히 진행되는 일이어서 하루아침에 바닷물에 잠길 걱정은 하지 않아도 되었으니까. 더구나 나에겐 돌아갈 곳이 있었으니까. 가뿐히 짐을 챙겨 유유히 이레네 집을 떠나는 내 모습을 상상하는 것이 어렵지 않았다.

같은 이유로, 또한 두려웠다. 모든 일은 천천히 조용히 이루어지고 있었다. 아무도 모르는 일이란 듯, 누구도 알아채지 못했단 듯. 섬은 매일, 조금씩 사라졌다. 놀이기구들도 운행을 멈추고 바닷물에 마모되어가다가 서서히 바닷속으로 자취를 감춰버릴 것이다. 유원지의 설치물들은 나무와 같은 생명이 없어 더 쉽게 방치되는 것 같았다. 누군가 유원지에서 마지막 입장권을 받아간 날은 언제였을까. 입장권을 끊어준 직원은 근무를 마치고 유원지를 새삼 둘러보기도 했을까.

이레네 집도 같은 운명이었다. 이 집에 그대로 남아 언제까지고 머문다면, 그 삶은 어떻게 흘러갈지. 최소한의 준비된 음식을 먹고 점점 행동반경을 좁혀가다 너무도 자연스럽게 물속에 잠겨버리는 것이 될지. 오랜 시간을 두고 진행될 일이었다. 하지만 언젠가는 반드시 맞닥뜨리게 될 일이었다. 혹시 이곳에 살던 여자도 그런 상상을 하며 밤을 보냈을까. 나는 창문을 닫았다. 파도 소리가 차단되자 헛된 상상도 멈추었다.

오늘도 편지가 있었다. 대문에 끼워둔 게 떨어진 것인지, 애초 바닥에 놓아둔 것인지. 나는 대문 옆에 떨어져 있던 편지를 주워들고 묻은 흙을 털었다. 뜰에 선 채로 주변을 돌아보았다. 아무도 없었고, 누군가 지나간 흔적도 없었지만. 집에 머무는 동안 편지는 하루 간격으로 배달되었다. 문틈에 끼여 있거나, 바닥에 떨어져 있거나, 담벼락에 놓여 있었다. 그런데도 편지를 놓고 간 사람은 눈에 띄지 않았다. 우체부가 있을 거라는 생각은 들지 않았다. 여러 정황상 섬에 상주하는 인부 중 한 명일 거라고 짐작해볼 뿐 확실한 건 없었다.

집에 들어와 탁자 위에 편지를 올려두었다. 한곳에 모아두자 그 부피가 상당했다. 한 사람이, 한 사람에게 보낸 편지들이었다. 아직도 편지지에 옮길 내용이 많이 남은 것인지 못내 궁금했다. 하지만 풀로 붙인 봉투를 함부로 열어볼 마음은 들지 않았다. 나는 그럴 수 없었다.

편지 하나를 빛을 향해 들어보았다. 제법 두께감이 있는 봉투에는 내용물이 전혀 비치지 않았다. 편지를 탁자 위에 다시 내려놓으며 이런 오래된 방식으로 종이 편지를 쓰는 사람은 어떤 간절한 이야기가 하고 싶은 걸까, 하고 생각했다. 그리고 어릴 때 보았던, 아버지가 어머니에게 쓴 편지를 떠올렸다.

여느 때와 같이 평화로운 아침이었다. 나는 어머니가 주는 간식을 기다리며 식탁에 앉아 있었다. 식탁 위에는 아버지가 출근 전에 올려두고 간 편지봉투가 놓여 있었다. 간혹 편지가 있기도 했는지, 그날만 특별했는지는 기억이 가물가물하다. 어머니는 과일을 담은 볼에 우유를 부어 내 앞에 놓았다. 썰어넣은 키위와 바나나가 우유 속에 섞여 있었다. 나는 그릇 속의 과일들을 숟가락으로 더 작게 자르고 으깨었다. 향긋한 과일향이 올라왔고, 왜인지 기분이 좋았다.

어머니가 곧 편지를 펼쳤다. 나는 마주앉은 어머니의 얼굴을 유심히 보았다. 편지를 읽어내려가는 어머니의 얼굴이 조금씩 어두워졌다. 심지어 한숨을 내쉬었다. 어머니는 줄곧 한데 시선을 두었지만, 아무것도 보고 있지 않은 얼굴이었다.

나는 아버지가 어머니에게 잘못을 저질렀거나, 어머니의 기분을 상하게 할 내용을 적었을 거라고 여겼다. 괜히 내 기분도 상하는 것 같았다. 차라리 아무것도 보내지 말지, 굳이 편지를 쓸 게 뭐람. 시무룩해진 나는 푸릇한 과일죽을 한참 동안 저었다. 어느 순간 숟가락을 쥔 손에 힘을 주자 말간 액체가 그릇 밖으로 쏟아졌다. 어머니가 고개 돌려 그것을 바라봤다.

다음날, 나는 어머니가 화장대 위에 올려둔 아버지

의 편지를 발견했다. 편지를 손에 쥐고 거리낌없이 읽어나갔다. 아버지는 공들인 문장으로 어머니에 대한 마음을 표현하고 있었다. 평소 책을 많이 읽는 아버지답게 편지도 근사하게 썼다. 하지만 한 자 한 자 읽어내려갈수록 무언가 이상했다. 편지는 길었고, 뒤로 갈수록 읽는 속도가 점점 느려졌다. 다 읽고 나자 편지를 읽던 어머니의 얼굴이 떠올랐다.

어머니는 무언가 불필요한 소식을 접한 표정을 짓고 있었다. 언젠가, 이미 보아 알고 있는 얼굴. 단골 식료품점에 갔다가 주인이 서비스라며 기분 좋게 챙겨준 요거트를 받아들고 나오면서 어머니는 이거 없어도 되는데 예의로 받은 거야, 하고 말했다. 그러곤 봉투 밖으로 빼꼼히 나와 있는 요거트병을 무심히 보던 표정이 그랬나.

나는 편지를 제자리에 내려놓고 최대한 소리 나지 않게 방을 나왔다. 내 방으로 돌아왔지만 가슴이 계속 콩닥거렸다. 그 소리가 밖으로 들릴 것 같아 이불을 뒤집어썼다. 얼굴이 조금씩 달아오르고 숨이 점점 가빠졌다. 숨을 몰아쉬던 나는 그만 울음을 터뜨렸다.

탁자 위에 쌓인 편지들을 보다가 일어났다. 어딘가 안전한 곳에 보관하고 싶었다. 집안에 있는 물건들을 살펴보았다. 편지를 담아둘 만한 게 있는지 찾았다. 방 안의 옷장을 열자 큼지막한 종이상자 두 개가 나왔다. 맞은편 화장대 위에는 액세서리 등을 넣는 데 쓰는 1단 짜리 자개수납함이 있었다. 그 옆에 무언가의 포장 용도로 보이는 얇은 나무상자도 보였다.

나는 하나씩 비교하며 편지를 어디에 넣어두면 좋을지 고민했다. 종이상자는 가볍고 커서 보관하기 가장 좋은 도구였지만 방치될 경우 편지들을 보호해주지 못할 것 같았다. 상자째 물에 젖을 수도, 불에 탈 수도 있었다. 나무상자는 종이상자에 비하면 단단해 보였지만 결과적으로 똑같은 문제점을 갖고 있었다. 자개수납함도 이 집의 미래를 생각하면 그리 안전해 보이지는 않았다.

그러자 적당한 것은 하나밖에 떠오르지 않았다. 나는 주방의 싱크대와 장식장을 뒤져 유리병을 찾아냈다. 술을 담글 때 쓰는 가장 큰 병을 골라 탁자 위의 편지들 옆에 놓았다. 편지들을 유리병 속에 넣고 뚜껑을 꽉 잠갔다.

나는 탁자 위에 놓인 유리병을, 그 안의 편지들을 응시했다. 여자가 늦게라도 이 편지를 받을 수 있기를 바랐다. 편지를 보고 기뻐할지, 아니면 오히려 불편을 느낄지는 알 수 없었다. 하지만 최소한 편지를 읽어야 한다고 생각했다. 그것이 발신자가 원하는 일이며, 어느 쪽으로든 상황을 정리하는 일인 것 같았다.

그런데 한 가지 변수가 있었다. 유리병은 여자가 아닌 다른 사람이 발견하게 될지도 몰랐다. 이렇게 단단한 유리병이면 집이 언젠가 물에 잠겨도 편지들을 안전하게 보관해줄 수 있을 거였다. 오랫동안 바다 위를 떠돌다 어느 먼 나라에 이르더라도 편지가 구겨지거나 찢어져 사라지는 법은 없을 터였다. 누군가 유리병을 발견한다면 편지를 보고 예기치 못한 감정에 빠져들 수도 있었다.

나는 유리병을 찾느라 어지른 주방을 치웠다. 배가 고팠다. 집에 남은 음식은 눅눅해진 바게트와 호밀빵, 미지근한 캔커피와 생수가 전부였다. 돌아가기로 한 날은 이틀 뒤였다. 인부의 말대로 나무들을 베기 전에 떠나는 게 좋을 것 같았다. 나는 핸드폰을 꺼내 날짜와 시간을 확인했다. 핸드폰에는 어머니에게 온 부재중전화가 찍혀 있었다.

잠시 망설이다 윤성에게 전화를 걸었다. 윤성은 생각보다 섬에 오래 머문다며 그럴 줄 알았으면 늦게라도 따라갈 걸 그랬다고 했다. 나는 그럼 올래? 하고 물었다. 윤성은 예상치 못한 물음이었는지 아이를 아직 떼어놓을 정도는 아니라고 했다.

병 속의 편지에 시선을 두고 있던 나는 윤성에게 물었다. 편지 써본 적 있니? 윤성은 편지? 하고 되물었다. 그리고 이어 말했다. 초등학교 때 숙제로 썼나. 갑자기 왜? 나는 별일 아니라고 말하곤 시원한 콜라와 스파게티를 먹고 싶다고 했다. 윤성이 물었다. 아픈 데는 없지? 나는 괜찮아, 하고 대답했다. 수화기에서 아기 우는 소리가 들려왔다. 윤성은 다시 연락하겠다고 하곤 급하게 전화를 끊었다.

오늘도 편지가 있었다. 대문의 문틈에 끼인 채였다. 나는 편지를 가져다 유리병 속에 넣었다. 다시 뜰로 나와 얼마간 손보지 않은 정원을 둘러보았다. 집의 옆면 아래로 울퉁불퉁 밉게 자란 토마토가 보였다. 시들어 말라버린 무리 중에 한 그루는 아직도 싱싱했다. 나는 토마토를 따서 두 손에 들었다. 섬에 들어온 뒤로 야채나 과일을 먹지 못해서 보기만 해도 입맛이 돌았다.

몸을 일으키는데 인기척이 느껴졌다. 소리가 난 방향으로 돌아서다가 토마토를 떨어뜨렸다. 남자와 눈이 마주친 채 그대로 서 있었다. 오히려 남자가 놀랐는지 뜰로 들어와 떨어진 토마토를 주워주었다. 나는 손을 내밀어 토마토를 받았다. 남자가 무언가 설명하려는 듯 말했다. 지나가던 길이었어요. 사람이 있는 줄 몰랐네요. 그래도 궁금한 듯 남자를 보고 있자 남자가 다시 말했다. 사진을 찍고 있어요.

나는 남자의 손에 들린 카메라를 보았다. 내 시선을 의식한 것인지 남자가 카메라를 만지작거렸다. 왠지 순간 찰칵, 셔터가 눌리는 느낌이 들었다. 낡은 사진 속의 아이가 내 앞을 뛰어가는 모습이 눈에 보이는 듯 그려졌다. 아이는 달려가며 종이비행기를 날린다. 나는 직감적으로 그것이 편지임을 알아차린다. 종이비행기가 하늘 멀리 날아간다. 점점 작아진다. 저기요. 남자가 부르는 소리를 듣고야 나는 고개를 바로 했다. 남자가 나와 눈을 맞추며 물었다. 함께 산책할 수 있을까요? 그래도 다시 한번 하늘을 보았다. 흐리고 구름뿐이었다. 남자의 말이 이어졌다. 간단한 인터뷰를 하고 싶어요. 내가 돌아보며 인터뷰요? 하고 되묻자 남자가 말했다. 섬에 관한 이야기를요.

　우리는 완만한 경사로를 천천히 걸었다. 남자에 따르면 아름답고 걷기 편한 트레킹코스로 알려졌던 길이라고 했다. 섬에서 가장 높은 언덕까지 올라가자 탁 트인 시야에 가슴이 시원했다. 남자는 뷰파인더에 주변의 풍경을 잡아보다가 카메라를 내려놓았다. 남자가 말했다. 여기서 중학교 때까지 살았어요. 도시에서 유학하다가 부모님이 이주하실 때 다시 왔어요. 혼자 한 달쯤 지냈나봐요.

　남자는 예의를 차리듯 자신에 대한 이야기를 대략 들려준 뒤에야 내게 질문했다. 이 섬에 언제부터 머무셨어요? 나는 아버지의 고향이라 찾아왔다고 말했다. 질문과 답변이 오가는 동안, 햇살 아래 새가 지저귀고 바람이 풀 내음을 실어왔다. 남자는 섬에 다시 왔던 5년 전만 해도 마을 주민이 몇몇 남아 있었다고 했다. 이레네 집도 기억이 난다고 했다. 그때도 한 여자를 보았다고, 여자는 낮은 담에 기대 턱을 괴고 바다를 보고 있었다고.

나는 남자에게 물었다. 젊은 여잔가요? 기억나는 걸 말해주세요. 남자가 지나가자 여자는 흥얼거리던 콧노래를 멈췄고, 남자는 뭔가 방해가 된 것 같아 빠르게 지나쳐갔다고 했다. 남자가 계속 말했다. 그때 멈춰 서서 여자에게 말을 걸었다면 어땠을까요? 사실 젊은 사람을 찍고 싶었어요. 섬에서 본 사람들은 다들 나이가 많았거든요. 그때 젊은 여자가 눈에 띈 거였죠. 그런데 그냥 지나치고 말았어요.

잠시 침묵이 흘렀다. 남자가 내게 물었다. 아는 분인가요? 나는 얼떨결에 네, 하고 대답했다가 다시 아니요, 알지는 못해요, 하고 말했다. 이어 남자에게 이 섬을 계속 찍을 거냐고 물었다. 남자는 그렇다고, 긴 시간을 두고 수몰섬들을 사진으로 남기는 작업을 하고 있다고 했다. 나는 의미 있는 일을 하시네요, 하고 말했다. 남자가 왠지 모를 웃음을 지으며 정말 그렇게 생각해요? 하고 물었다. 나도 모르게 글쎄요, 잘 몰라서요, 하고 말해버렸다. 남자의 표정이 굳었다. 말을 아끼는 듯 무언가 조심스러운 태도가 감지됐다. 나는 눈앞의 바다를 바라보았다. 멀리 육지도 시야에 들어왔다. 바다가 그렇듯 끝없이 펼쳐진 육지는 평화로워 보였다. 사라지는 것은 다만 섬 하나일 뿐이라는 듯.

남자는 나를 집 앞까지 바래다주었다. 뜰의 의자에 올려두었던 빨간 토마토가 눈에 들어왔다. 나는 토마토 하나를 남자에게 주려고 했지만, 막상 손이 가지 않았다. 남자는 이제 육지로 바로 나갈 거라고 했다. 그리고 내게 이 집에 언제까지 있을 거냐고 물었다. 나는 내일쯤 떠날 거라고 했다. 남자가 또 물었다. 다시 섬에 오지는 않을 거죠? 나는 고개를 끄덕였다. 남자가 말을 이었다. 전 다시 와야 할 것 같아요. 그러곤 덧붙였다. 정말 그럴 수 있을지는 모르겠어요.

그제야 나는 남자의 얼굴을 다시 보았다. 그리고 어쩌면 5년 전 그때, 남자는 여자에게 말을 걸었을지도 모르겠다고 생각했다. 담벼락을 사이에 두고 웃고 있는 남자와 여자의 모습이 머릿속에 그려졌다. 나와 눈이 마주친 남자는 어색한 미소를 지었다. 그리고 투명 프레임에 풍경을 담아보듯 주변을 살폈다. 나무들, 낮은 풀들, 먼바다. 남자는 막상 카메라의 뷰파인더를 눈으로 가져간 적이 별로 없었다. 나는 남자의 카메라에 담겨 있을 사진들이 궁금했다. 반가웠어요, 하고 말하는 남자의 목소리가 들려왔다. 늘 그랬을까. 목소리가 들려오고, 돌아보면 당신은 나를 바라보고 있다. 계속 거기 있었던 사람처럼. 마주본 남자의 얼굴이 눈앞에서도 아득하게 다가왔다.

남자는 느린 걸음으로 바다 쪽으로 내려갔다.

오늘도 편지가 있었다. 담벼락 위에 아슬아슬하게 놓여 있었다. 나는 주변을 둘러보았다. 여전히 주변에는 아무런 기척이 없었다. 집으로 들어와 유리병에 편지를 넣었다. 제법 많은 편지가 뒤섞여 있었다. 그대로 의자에 앉아 창 너머 바다를 바라보았다. 저 바닷속으로 사라질 집도 눈 속에 담아두었다. 잠시 뒤 나는 이레네 집을 나설 것이고, 이제 이 집에 올 사람은 아무도 없을 것이다. 누군가는 계속 편지를 보내올 테지만.

기분이 이상했다. 집과 함께 많은 것들이 물속으로 가라앉을 터였다. 아버지의 어린 시절과 그 아버지의 어린 시절, 그리고 그 아버지의 어린 시절까지도. 그들이 모두 세상을 떠난 이들이라는 점이 새삼 아프게 다가왔다. 이 집을 그리고 이 섬을 기억하는 사람들도 모두 떠나가게 되면 비로소 섬은 어디에도 존재하지 못한 채 깨끗이 사라지고 말 것이었다.

어머니에게 전화를 걸었다. 어머니는 기다렸던 모양인지 전화를 받자마자 어디니? 하고 물었다. 대답은 듣지 않고 새아버지의 생일이 얼마 남지 않았다며 식사 예약을 부탁했다. 나는 알겠다고 대답했다. 지금 출발할 거라고 말을 잇자 어머니가 다시 물었다. 얼마나 걸리는데? 그 물음에 머릿속이 뿌예지는 느낌이 들었다. 얼마나 걸릴까. 그래도 나는 정확한 대답을 했다. 섬이야. 아버지 집. 어머니는 말이 없었다. 조만간 나무를 벨 거래, 하고 나는 말했다.

가방을 들고 섰다. 탁자 위의 유리병을, 그 안의 편지를 바라보았다. 오랜 시간이 지난 뒤 편지는 하나의 메시지로만 남을지도 몰랐다. 어떤 행복도 기쁨도 고통도 슬픔도 없이. 어쩌면 우연히, 하루하루의 감정에 따라 써나갔을 편지들을 한데 모아 남겨두어도 될지 확신이 서지 않았다.

나는 편지를 유리병에서 꺼냈다. 나무상자를 찾아 그 안에 다시 넣었다. 그런데 어차피 유리병이 아니라면 그보다 가벼운 종이상자가 나을 것 같았다. 나는 다시 종이상자를 찾아 그 안에 편지들을 모두 쏟아부었다. 한데 뒤섞인 편지들을 보다가 상자 밖에 나와 있는 편지 한 장을 집어들었다. 오래전 아버지의 편지가 떠올랐다. 내가 어머니의 반응을 보지 않은 채 그 편지를 읽었더라면. 그랬다면, 내 기억 속의 아버지는 다른 모습으로 남았을까?

나는 후회했다. 편지를 읽던 어머니의 표정이 무엇을 뜻하는지에 골몰하지 말았어야 했다고. 그러는 동안 나의 아버지는 한없이 작고 나약한 사람이 되어갔으니까.

나는 상자를 들고 그 안의 편지들을 다시 꺼냈다. 집 안팎 여기저기 버려두었다. 탁자에, 현관에, 앞뜰에, 담벼락에, 길가에. 내가 거둬들이기 전의 그 상태로 다시금 되돌려놓았다. 편지를 쓰고 보낸 사람이 버려진 편지를 본다면 모두 거둬가거나 편지 한 장을 더 보태거나 스스로 선택할 일이었다.

집을 나오는데 편지 한 장이 발에 밟혔다. 발을 떼고, 하얀 편지봉투에 찍힌 흙자국을 바라보았다. 버려진 편지들을 바라보았다. 편지를 한 장 주웠다. 한 장, 또 한 장. 편지가 끝도 없이 나왔다. 내가 이레네 집에 머무는 동안 미처 찾지 못했던 편지들까지 어디선가 기어나오는 듯했다. 나는 편지들을 전부 들고 어찌할 줄을 모르고 서 있었다. 한 장이 손에서 빠져나가 흙바닥으로 떨어졌다. 떨어진 편지를 주우려는데 다른 편지 몇 장이 또 떨어졌다. 편지의 무게가 가슴을 짓눌렀다. 한 남자가 편지를 쓴다. 매일 쓴다. 우체부가 가져가지 않는다. 지나가는 사람이 모르고 밟아버린다. 그래도 남자는 편지를 쓴다. 우체부가 가져가지 않는다. 가져갈 때도 있다. 지나가다보면 남의 집 담벼락에 붙어 있다. 나뭇가지 사이에 끼어 있다. 아이들이 비행기를 접어 날린다. 빌어먹을. 남자는 오늘도 편지를 쓴다.* 한 사람은 계속 편지를 쓰고, 한 사람은 계속 받지 않고. 그렇게 간절히 원하는데도 닿을 수 없다면. 그러자 단 한 가지 이유밖에 떠오르지 않았다. 여자는 죽었는지도 몰랐다. 유령 마을이라는, 오래전 어머니의 말이 생각났다. 기다린 듯 슬픔이 밀려왔다.

---

* 이성복 시인의 『뒹구는 돌은 언제 잠 깨는가』(문학과지성사)에 수록된 「편지」에서 일정 부분을 차용했습니다.

정오의 희망곡*

* 제목 '정오의 희망곡'은 이장욱 시인의 시 제목을 가져온 것입니다.

신나게 춤춰봐. 인생은 멋진 거야. 기억해, 넌 정말 최고의 댄싱 퀸. 딸랑, 출입문에 달린 벨소리가 울렸다. 눈을 떴다. 꿈을 꿨구나, 하는 생각과 동시에 바 테이블에 엎드려 있던 상체를 들었다. 손을 뻗어 시끄럽게 돌아가는 시디를 껐다. 정면으로 보이는 통유리 너머로 카페 문을 닫고 나가는 청년의 뒷모습이 보였다. 순간적인 긴장에 얼른 일어섰다. 그제야 입구 옆 테이블 위에 놓고 간 광고지가 눈에 들어왔다.

그대로 자리에 앉았다. 아직 졸음이 남아 눈이 뻑뻑했다. 입구 쪽에서 비쳐드는 옅은 햇빛에도 눈이 시렸다. 두 눈을 비비며 카페 앞 거리를 보았다. 지나가는 사람이 없어 한적했다. 꾸다 만 꿈속 장면들이 이어지듯 떠올랐다. 나타나고 사라지던 사람들, 기억나거나 기억나지 않는 얼굴들. 그래도 상황과 풍경만은 선명했다. 이래저래 기분이 이상했다. 어젯밤 티브이 뉴스에서 보았던, 20대 여성을 강도살해한 사건에 대한 잔상 때문인 것 같기도 했다. 며칠 전 카페에 도둑이 들었던 뒤로 예민해진 탓도 있었다. 새벽에 들어왔을 도둑은 겨우 돼지저금통 하나를 가지고 갔다. 큰 피해는 없었지만 모르는 이의 낯선 손길이 떠올라 불안했다.

시계를 보았다. 거의 한 시간을 잔 모양이었다. 현관에 달린 벨소리가 아니었다면 더 긴 잠이 되었을 터였다. 양손을 깍지 끼고 쭉 뻗었다. 움직임 없이 줄곧 머리를 받치고 있던 팔목이 아팠다. 목과 어깨도 뻐근했다. 목을 천천히 뒤로 젖혔다. 언제부터 있었는지 모를 천장 얼룩이 눈에 들어왔다. 자세히 보려고 시선을 한곳에 집중하자 무늬는 오히려 겹겹이 흩어졌다. 다시 시선을 거두고 기지개를 켰다. 팔을 내리면서 그대로 고개를 숙였다. 최대한 숙이고 뒤통수를 꾹꾹 눌러줬다. 팔과 어깨도 차례로 주물렀다. 이제 잠을 떨치고 책이라도 읽는 게 좋을 듯싶었다.

커피를 마시며 매출 일지를 확인했다. 오전에 나간 커피 한 잔이 전부였다. 탁상달력을 보았다. 공휴일이라 유난히 더 손님이 없었다. 보통 손님이 별로 없긴 했다. 저녁에 나가는 주류가 카페의 주요 수입원이었다. 낮 근무는 제시간에 문을 열고 간단한 청소를 해두면 그만이었다. 손님이 많으면 좋겠지만 적다고 문제가 되지도 않았다. 사장이 나오는 오후 늦게까지 나는 혼자 있는 시간이 많았고, 그런 동안 책을 보거나 공부를 할 수 있었다. 그 점에 대해서라면 사장은 너그러웠다. 그만큼 급여가 적었지만 서로의 조건이 어느 정도 충족되는 셈이었다. 공무원 시험을 준비하는 나에게는 나쁘지 않은 자리였고, 이제는 익숙해진 자리였다.

오전에 보던 교재를 다시 펼쳤다. 곧 구름에 해가 가려졌는지 카페 안이 더 어두워졌다. 바 테이블 한쪽 끝에 있는 스탠드를 켰다. 바 테이블은 세로로 긴 공간의 가장 안쪽에 가로로 놓여 있었다. 햇빛은 입구 주변만 밝혀주었고 전체 조명도 날이 저물어야 그 기능이 드러날 만큼 옅었다. 카페에 몇 번 들렀던 정원은 입버릇처럼 너무 어둡다고 말하곤 했다. 다른 일자리를 구하면 안 될까? 하고 물어온 적도 있었다. 어느 날은 카페에 스탠드를 갖다두라고도 했다. 막상 스탠드 생각이 다시 난 것은, 그래서 스탠드를 갖다놓은 것은 정원이 떠나고 난 뒤였다.

정원은 5개월 전 레바논으로 갔다. 휴가 나온 정원에게 파병 간다는 말을 처음 들었을 때, 나는 어쩐지 아무 말도 할 수가 없었다. 곧 제대할 거라고만 알고 있던 터였다. 정원이 행정병이라는 설명을 덧붙였어도 마찬가지였다. 그런 기분이 나 자신도 잘 헤아려지지 않았다. 정원의 가방에 달린, 'NO WAR'가 찍힌 동그란 배지에 몇 번인가 눈이 갔을 뿐. 군대 가기 전부터 즐겨 메던 정원의 가방은 그날따라 유난히 낡아 보였다. 저 배지라도 떼어내면 좋으련만. 장소를 옮겨 분위기를 바꾼 뒤에야 우리는 평소처럼 이런저런 이야기를 나눌 수 있었다.

그때나 지금이나, 나는 같은 곳에 있었다. 밤에는 잠을 잘 못 잤고 낮에는 어김없이 심하게 졸았다. 정원은 내가 자꾸 졸린 것이 햇빛을 충분히 받지 못해서 그런 거라고 했다. 나는 불면증 때문에 밤에 잠을 자지 못해 낮에 잠에 빠져드는 거라고 대꾸했다. 그러자 정원이 말했다. 순서가 바뀌었어. 낮에 줄곧 어두운 곳에 있기 때문에 불면증이 오는 거야. 그리고 언젠가 기사에서 읽은 내용이라며 더 자세히 말해주었다. 낮에는 밝은 곳에서 깨어 있고 밤에는 어두운 곳에서 잠을 자는 것이 생체리듬상 자연스러운 거라고. 그 리듬이 깨지면 뇌의 인식에 혼란이 오면서 몸이 균형감을 잃게 되고 피곤을 느낀다고. 이야기는 언제나 이렇게 결론이 났다. 동굴 같은 데서 나와!

그즈음 정원과 어떤 이야기를 나눠도 결국은 그런 결론에 다다르곤 했다. 내가 두통이 있다고 하면, 정원은 환기가 잘 안되는 카페라 공기가 나쁜 탓이라고 말했다. 감기 기운이 있다고 하면 햇볕이 잘 안 들어서 추운 거라고, 배가 고프다고 하면 점심쯤은 밖에 나가서 사먹을 수 있어야 한다고, 기분이 가라앉는다고 하면 움직일 일이 너무 없어서라고.

정원의 논리대로라면 그 모든 이유는 내가 일하는 곳이 어둡고 좁고 깊기 때문이었다. 정원은 카페 근무가 나에게 도움될 일이 하나도 없을 거라고 말했다. 그러면 나는 책도 보고 공부도 하며 일할 수 있는 곳은 흔치 않다고 했고, 정원도 더는 반박하지 않았다. 하지만 내 말을 수긍해서는 아니었다. 내가 끈기 있게 공부에 전념하고 있지 않다는 걸 정원도 알고 있었다. 더이상의 대화는 서로에게 피곤하기만 할 뿐이었다.

나는 스탠드 불빛 가까이 교재를 놓았다. 한참을 들여다봐도 머리에 잘 들어오지 않았다. 교재를 한쪽으로 밀어두고 읽다 만 책을 펼쳤다. 몇 줄 읽지 못하고 책에서 눈을 떼었다. 정원에 대한 생각은 어느새 꿈속의 장면들로 이어지고 있었다. 역시나 이상한 꿈이라고 생각했다. 정원에게 전화해서 당장 얘기해주고 싶은 꿈이었다. 언젠가 정원과 타이태닉호에 관해 이야기했던 기억이 떠올라 더욱 그랬다. 아니, 그 기억의 일부가 꿈을 통해 드러난 것일 수도 있었다.

정원은 어느 사회학자의 '타이태닉'에 대한 견해를 흥미로워했다. 어둠 속에 무언가 분명히 있다는 것, 하지만 그게 언제 어떻게 드러날지는 아무도 모른다는 것. 한 치 앞의 빙산을 피하지 못하고 침몰한 배 타이태닉의 경우를 현대사회의 불안에 빗대어 설명한 거였다. 정원과 나는 이야기를 계속 이어나갔더랬다. 바로 그 제목의 유명한 영화에서처럼, 배 안에 타고 있던 연인이 갑작스러운 죽음을 맞이하는 상황에 대해서. 아니면 가족이 모두 죽거나 그중 일부가 죽는 그런 상황들에 대해서.

나는 정원에게 오늘 꾼 꿈에 대해서 말하고 싶었다. 꿈속에서 타이태닉호를 타고 있었어. 그러면 분명 정원은 빙산과 충돌했냐고 물어올 것이었다. 나는 미리 생각해보았다. 배는 왜 침몰했을까? 꿈의 시작 부분으로 되돌아가봐도 단서 같은 건 찾을 수 없었다. 배가 침몰하고 있다는 사실을 알게 되는 장면이, 내가 기억하는 꿈의 시작이었다.

나는 그 이전의 내용을 추측해보았다. 아니, 상상했다. 왜인지 머릿속에 떠오르는 건 춤이었다. 우선은 왈츠다. 빙판 위를 미끄러지듯 유연한 두 사람의 몸짓. 거기에 한 명, 두 명, 세 명, 더 가세할수록 점차 대열이 갖춰진다. 좁아진 공간에서 몸들이 제자리를 맴돈다. 그저 습관적인 동작, 일관된 움직임, 무감각한 군무. 그것의 묘한 리듬감을 떠올리자, 나 또한 그 대열 안에 있었으리라는 생각이 자연스레 들었다. 누군가의 외침을 듣고 나서야 비로소 제 몸의 감각을 얻었으니까. 침몰할 거라는 이야기를 듣고 나서야 자신이 배를 타고 있다는 걸 알았으니까.

꿈속에서 누군가 외쳤다. 배가 곧 침몰할 거야! 주변을 둘러보았지만, 이미 사람들이 보이지 않았다. 나는 구석으로 가서 짐 가방을 열었다. 옷가지 중 가장 마음에 드는 옷으로 갈아입었다. 혹시라도 가방을 잃어버렸을 때 아깝지 않도록. 그때 누군가 내 옆을 스쳐가며 서둘러 갑판으로 올라가라고 소리쳤다. 더는 지체하면 안 되었다. 갑판으로 올라가자 햇빛이 쨍했다. 눈앞에 펼쳐진 해안가 언덕을 따라 크고 하얀 건물이 둥글게 자리잡고 있었다. 언젠가 잡지에서 본 휴양지 풍경과 비슷했다. 그 아래 바다는 호수 같았다. 그런데 사람들이 수런거리기 시작했다. 곧 지진이 날 거라는 소리도 들렸다. 누군가 어서 빨리, 하고 재촉했다. 그래, 어서, 하며 구명조끼를 입었다. 이미 구명조끼를 입은 사람들이 하나둘 바다로 뛰어내리고 있었다. 나도 바다로 뛰어내렸다. 물에 둥둥 뜬 채 뒤를 돌아보았다. 하얗고 커다란 배가 빠르게 멀어졌고 작아졌다. 어디선가 아바의 〈댄싱 퀸〉이 흘러나왔다.

읽다 만 책의 맨 뒤 페이지를 펼쳤다. 편지는 그대로 있었다. 정원에게 받았던 몇 안 되는 편지들은 너무 많이 읽어 거의 외울 정도였다. 하지만 정원이 레바논에서 보내온 편지는 굳이 다시 읽고 싶지 않았다. 이국땅에 대한 느낌, 그곳에서의 업무, 씩씩하게 잘 지낸다는 말들은 언젠가 헌책방에서 펼쳐보았던 해외 펜팔 책자의 예시문처럼 모범적으로 느껴졌다.

그런데 최근 받은 편지는 달랐다. 만지작거리던 봉투를 내려놓자 익숙한 글씨체가 눈에 들어왔다. 나는 봉투에 적힌 정원의 이름을 한참 바라보았다. 하얀 봉투에 반사된 스탠드 불빛이 점점 환하게 느껴졌다. 스탠드를 껐다. 홀로 시선을 옮기자 입구 쪽으로 햇빛이 잔잔히 비쳐들고 있었다.

입구 쪽으로 갔다. 거리를 보고 서자 얼굴에 닿는 햇볕이 따뜻했다. 소파 팔걸이에 걸터앉았다. 내 발치에 그림자가 따라붙었다. 입구에서부터 길게 늘어지는 빛과 그림자는 그 모양을 자주 바꾸었다. 길고 좁은 공간에는 햇빛이 들고 나는 게 고스란히 보였다. 햇빛을 받고 있던 입구 쪽 소파들에 다시 그림자가 졌다. 옅은 조명만을 받으며 몇 년째 같은 자리를 차지하고 있는 소파들은 어둠과 습기에 감싸여 있는 것처럼 보였다. 정원이 이곳을 좋아하지 않는 게 문득 당연한 일로 여겨졌다.

카페 앞 거리는 여전히 한산했다. 너무 조용하다는 생각이 들 정도로. 나는 탁, 발소리를 내며 일어났다. 바 테이블로 돌아와 오디오의 플레이 버튼을 눌렀다. 아바의 노래가 다시 흘러나왔다. 음악과 노래에 감사해, 그것이 가져다주는 기쁨에. 내 진심을 담아 물을게, 어느 누가 그것 없이 살 수 있을까.

다른 음악이 떠올랐지만, 그뿐이었다. 오래전 오픈 당시 구입한 것이 분명한 커다란 오디오 옆에는 사장의 취향이 담긴 음악 시디가 고스란히 쌓여 있었다. 늘 상 카페에 흐르는 음악들이었다. 나는 시디를 골라보았다. 비틀스, 사이먼 앤 가펑클, 빌리 조엘, 배리 매닐로, 카펜터스의 앨범들. 영화 〈로미오와 줄리엣〉, 〈시네마 천국〉, 〈졸업〉 등의 사운드트랙 앨범들. 시디를 그대로 밀어두는데 출입문의 벨소리가 울렸다.

나는 어서 오세요, 하고 반사적으로 말했다. 곧이어 메뉴판을 들고 홀 쪽으로 걸음을 떼었다. 하지만 카페로 들어온 남자는 금방 자리에 앉지 않았다. 나는 바 테이블 옆에 선 채로 기다렸다. 남자는 느린 걸음으로 내

앞까지 왔다. 시선은 주변을 계속 둘러보고 있었다. 그러는 동안 나는 남자의 차림을 살폈다. 야구모자를 눌러써서 얼굴이 잘 보이지 않았다. 청바지와 셔츠 차림에 마른 체형이었다. 나는 손님을 찾으시냐고 물었다. 남자는 아니요, 하고 대답했다. 그러고도 바 테이블까지 꼼꼼히 훑어보는 눈치였다.

규모가 작은 카페 구조상 손님들은 들어오면 가까운 빈자리에 앉기 마련이었다. 일행을 찾는다 해도 한눈에 보고 돌아서거나 직원에게 묻는 경우가 대부분이었다. 남자의 태도는 어딘지 부자연스러웠다. 자리에 앉지도, 그렇다고 나가지도 않으며 홀에 서 있었다. 의아해지려는데 남자가 입구 쪽으로 걸어갔다. 그리고 뒤돌아보며 다시 오겠다고 말했다. 나는 네, 하고 대답하곤 남자의 뒷모습을 보았다. 짧은 순간 벨소리와 함께 출입문이 닫혔다.

문 앞까지 따라가 밖을 살펴보았다. 남자는 이미 사라진 뒤였다. 거리는 인적 없이 조용했다. 지나가는 차들이 내는 소음만 괜스레 크게 들렸다. 그제야 막 끝나고 있는 아바의 노래가 덩달아 귀에 들어왔다. 잠시 간격을 두고 다음 곡이 이어졌다. 반주 없이 바로 시작되는 첫 구절의 멜로디가 아바의 노래들로 만든 뮤지컬의 한 장면을 떠오르게 했다. 엄마가 결혼을 앞둔 딸의 머리카락을 빗겨줄 때, 두 사람이 함께 부르던 노래였다. 이른 아침 책가방을 메고 손 흔들며 그 아이는 집을 나섰지. 그애를 보낸 뒤 멍하니 앉아 걸어가는 뒷모습을 보았어.

나는 뮤지컬에 대한 기억에 점점 더 빠져들었다. 뮤지컬의 배경은 그리스의 아름다운 섬이었다. 그곳에서 작은 호텔을 경영하는 엄마 도나와 딸 소피의 이야기였다. 소피는 결혼을 앞두고 엄마의 옛 연인들을 초대하는데, 그중에 있을 자신의 아빠를 찾으려는 속셈이다. 그들의 사연이 펼쳐지는 동안 휴양지의 자유로운 분위기가 마음을 한껏 즐겁게 해줬다. 하지만 결국 소피는 결혼을 미루고 섬을 벗어나 여행을 떠나기로 마음먹는다. 무대에 커다란 달이 둥실 떠오르고, 배낭을 멘 커플이 그 앞에 선다. 미지의 세계를 향해 출발하는 마지막 장면을 다시 떠올리자 밤바람이 훅 지나간 듯 청명한 느낌이 들었다. 공연을 함께 보고 난 뒤, 정원은 그 장면이 담긴 포스터를 구입했다.

정원이 뮤지컬을 좋아하는 것은 아니었다. 심지어

영화나 다른 공연 분야에 비해 뮤지컬에는 매력을 못 느끼겠다고 말한 적도 있었다. 노래면 노래, 춤이면 춤, 연기면 연기, 한 분야를 집중해서 감상하는 게 더 좋다는 거였다. 단지 말만이 아니었다. 실제로 정원은 뮤지컬을 보고 크게 만족스러워한 적이 없었다. 내가 뮤지컬을 보러 가자고 하면 따라나설 뿐이었다.

그래도 아바의 노래들로 만든 뮤지컬은 좋아했다. 배우들이 앙코르곡을 부를 때는 일어나서 같이 춤을 추었고, 딸의 결혼을 앞두고 엄마와 딸이 함께 노래를 부를 때는 조금 운 것도 같았다. 의외의 반응이었다.

잔잔한 노래가 끝나자 〈댄싱 퀸〉이 이어졌다. 한때 잘나가는 삼총사였던 도나와 그녀의 두 친구, 세 사람은 소피의 결혼을 앞두고서야 오랜만에 다시 만났다. 그리고 오래전 어느 날 그랬던 것처럼 〈댄싱 퀸〉에 맞춰 신나게 춤을 추며 환상적인 무대를 선보였다. 술과 맛있는 음식이 있고, 춤과 노래가 있고, 그것을 즐기는 사람들이 있다. 그 모든 일은 바닷가의 아름다운 휴양지에서 일어났다. 그러고 보니 꿈속에서 본 배경이 그리스의 섬과 무척 닮아 있었다. 호수 같은 바닷가, 언덕 위의 하얀 호텔, 모였다 흩어지는 사람들.

실제로 내가 바닷가의 새하얀 호텔에 머물렀던 적은 없었다. 꿈속의 장면은 잡지 속 사진이나 티브이를 통해서 보았던 익숙하게 떠올릴 수 있는 풍경이기는 했다. 내가 실제 그리스 바닷가에 다녀온 적이 있다면 조금은 다른 꿈을 꾸었을까? 아예 꿈을 꾸지 않았을까?

귀에 익은 아바의 노래가 계속 들려왔다. 노래에 집중하는 동안 잠은 다 달아났다. 기지개를 켜는데 한 여자가 카페 쪽으로 오고 있었다. 여자는 출입문 앞에서 멈추더니 옷매무새를 다잡고, 한쪽 발을 들어 구두를 확인하고, 머리 모양을 만졌다. 여자는 안쪽에서 누군가 자신을 볼 수 있을 거란 생각은 하지 못하는 듯했다. 유리문과 통유리벽은 코팅이 되어 밖에서는 안이 잘 보이지 않았다. 작정하고 유리 앞에 바짝 붙어서 들여다봐야 보였다. 그래도 유리 하나를 두고 여자와 마주 보게 되자 신경이 쓰였다. 자리를 옮기려는데, 여자가 구두에 뭐가 묻었는지 바닥에 발을 부딪치며 털어내려 했다. 탁. 나는 다시 여자 쪽으로 돌아섰다.

탁탁,

구두 소리가 들린다.

타닥 탁,

여자가 가볍게 발을 구른다.

타닥 탁탁,

점점 리드미컬해지는 소리.

타다닥 탁, 타다닥 탁,

이어지는 빠른 발놀림. 꼿꼿한 상체, 몸을 두드리며 리듬을 타는 손, 경쾌한 탭댄스.

탁! 탁! 탁!

나는 자연히 두 주먹을 꼭 쥐었다. 움직임과 소리가 주는 명쾌한 감각을 떠올리자 내 몸에도 힘이 들어갔다. 그 힘을 손끝에 모아 간직해두고 언제든 필요할 때 온몸으로 퍼뜨리고 싶었다.

어느새 여자는 곧은 자세로 서서 거울을 보듯 유리를 응시했다. 곧 만족스러운 듯 미소 짓고 돌아섰다. 신호등의 파란불이 깜박이자 서둘러 횡단보도를 건넜다. 잠시 걸음을 늦춰 제과점 유리에도 자기 모습을 비춰보곤 빠른 걸음으로 큰길 쪽으로 갔다. 빵이 든 봉투를 손에 쥔 손님이 제과점에서 막 나오고 있었다. 잠시 보고 있던 나는 지갑을 들고 나섰다.

제과점에 들어서자 빵 냄새가 식욕을 더 자극했다. 잠에 빠져 있느라 아무것도 먹지 못한 터였다. 그 생각을 하자 더 배가 고픈 것 같았다. 갓 나온 빵들이 쟁반에 줄지어 놓여 있었다. 빵을 포장하는 점원의 손놀림이 느긋했다. 나는 방금 포장된 치즈바게트를 집었다. 카운터 옆에 진열된 큼직한 쿠키도 하나 더해 계산했다.

제과점을 나와 횡단보도 앞에 서자 햇빛에 눈이 절로 찌푸려졌다. 신호를 기다리는데 내가 일하는 카페가 눈앞에 보였다. 아직 조명을 켜지 않은 간판의 '파라다이스'라는 상호가 빛바랜 색감을 고스란히 드러냈다. 밖에서는 그 안이 전혀 보이지 않았다. '커피', '위스키'라고 쓰인 원색의 네온만이 검게 선팅한 유리 안에서 더욱 선명했다. 내가 손님이라면, 대낮에 저렇게 어두운 곳으로 들어가 커피를 마시지는 않을 거라고 생각했다.

카페 문을 밀자 요란한 벨소리가 났다. 안으로 들어서자 앞이 뿌옇게 보였다. 눈을 꼭 감았다가 떴다. 몇 번 더 깜박이자 시야가 점차 선명해졌다. 입구 쪽에 그대로 선 채 길고 좁고 어두운 공간을 보았다. 카페에 들어왔다가 훑어보기만 하고 나갔던 남자가 떠올랐다. 뭘 보고 나간 건가 싶어 계속 두리번거리며 카페를 살폈다. 깐깐한 손님이라면 마음에 들지 않을 수 있었다. 더 깔끔하고 보기 좋게 인테리어한 카페들은 얼마든지 있었다. 굳이 여기서 커피를 마셔야 할 필요는 없었다. 그래도 다시 떠올려볼수록 남자의 행동은 이상하게 마음에 걸렸다. 다시 온다는 말도 그랬다. 시계를 보았다. 사장이 빨리 나오면 좋겠다는 생각이 들었다.

나는 세 잔째 커피를 따랐다. 설탕도 두 스푼 넣었다. 단숨에 빵을 먹고 커피를 마셨다. 쿠키도 쪼개서 입에 넣었다. 달콤한 쿠키에 연이어 마신 커피가 너무 달았다. 다시 뜨겁고 진한 커피를 따랐다. 쿠키까지 말끔히 먹고 나자 오히려 속이 더 허전하게 느껴졌다. 빨리 일을 마치고 집에 가서 막 지은 밥을 먹고 싶었다. 아바의 노래는 나의 감정과 상관없이 순서대로 흘러나왔다. 감미로운 목소리가 지난여름을 회상하고 있었다. 카페에서 차를 마시며 너는 정치와 철학을 얘기하고 나는 미소 지었지. 손을 잡고 걸었던 지난여름, 아무 걱정도 하지 않았던 지난여름.

노래를 듣고 있을 때 출입문의 벨소리가 울렸다. 카페로 들어온 남자는 느리게 바 테이블 쪽으로 걸어왔다. 나를 보는가 싶더니 걸음을 멈추고 홀 쪽으로 고개를 돌렸다. 다섯 개뿐인 같은 모양의 소파와 테이블을 유심히도 보고 있었다. 야구모자, 청바지, 셔츠. 기시감이 일었다. 분명 같은 상황에 다시 놓인 것 같았다. 낮에 다녀갔던 남자가 곧바로 떠올랐다. 같은 사람인가 하고 보았지만, 체격이 달랐다. 남자는 자리에 앉을 생각 없이 카페 안을 둘러보기만 했다.

나는 이해할 수가 없었다. 오늘따라 손님들의 행동이 수상쩍게만 보였다. 그때 남자가 나에게 물었다. 보통 혼자 계세요? 나는 네, 하고 대답했다. 그런데 불현듯 뭔가 실수를 했다는 기분에 사로잡혔다. 약점을 잡힌 것 같았다. 여자 혼자 있는, 사람이 잘 들어오지 않는 어두운 카페. 낮에 왔던 남자와 지금 여기 서 있는 이 남자. 혹시 서로 알고 있는 사이가 아닐까. 두 사람은 범행 장소를 물색하고 있는 건지도 몰랐다. 아니, 한 남자는 이미 그 장소 안에 들어와 있는 건지도. 심장이 빨리 뛰었다. 긴장감을 느끼는데 남자가 입구 쪽으로 돌아섰다. 남자는 고개를 돌려 한 번 더 카페를 훑어보았다.

나는 남자가 나가자마자 입구 쪽으로 갔다. 문을 열

고 카페 앞 거리를 보았다. 남자는 이미 보이지 않았다. 기억을 더듬었다. 두 남자의 행동이 시차를 두고 똑같이 반복되었다. 분명 다시 올 것 같은 느낌. 예감이 좋지 않았다. 나는 입구에서 가까운 테이블에 앉았다. 시선을 카페 앞 거리에 고정한 채 차근차근 생각했다. 무언가 분명 이상했다. 딱 집어 말할 수는 없지만 석연치 않았다. 며칠 전의 좀도둑 때문이라고, 혹은 어젯밤 본 뉴스 때문이라고도 생각해봤다. 하지만 가슴은 여전히 크게 뛰고 있었다.

사장한테 전화를 걸어볼까 했지만, 막상 어떻게 말을 해야 좋을지 몰랐다. 이미 벌어진 일이 아니기에 경찰에 신고할 수도 없었고, 카페 문을 닫고 나가는 것도 과한 행동 같았다. 나는 침착하자고 마음먹었다. 처음부터 다시 생각해보았다. 두 남자는 카페에 다시 올 수도 있고, 안 올 수도 있다. 그리고 온다면 카페에 오늘 올 수도 있고, 내일 혹은 모레 올 수도 있다.

그렇다면 오늘로 끝나는 일은 아닌 셈이었다. 그럼, 카페를 당장 그만둬야 할까? 그런데 한 사람 그만둔다고 끝날 일도 아니었다. 그럼, 사장에게 조심해야 한다고 일러둬야 할까? 나는 최대한 현명하게 생각해보려고 애썼다. 문을 열어놓은 탓에 몸에 한기가 돌았다. 하지만 문을 닫을 생각은 하지 않았다. 점점 어두워지는 거리를 보면서 생각을 정리했다. 그들이 카페로 오는 게 보이면 바로 뛰쳐나가자고. 일단은 그것만 생각하기로 했다.

만일에 대비해 방안을 마련해두었다고 생각하자 긴장이 조금은 풀렸다. 그리고 좀더 긍정적인 생각마저 들었다. 이상한 점을 눈치챘으니 그나마 다행이지 않으냐고. 아무런 의심 없이 바 테이블에 앉아 있다가 괴한이 들어오면 나는 도망갈 곳이 없었다. 그렇게 생각하자 그동안 50여 개월을 아무 문제없이 일해왔다는 게 이상하게 여겨질 정도였다. 정원의 말대로 이곳은 너무 어둡고 깊었다.

나는 카페 앞 거리에서 눈을 떼지 않았다. 스피커에서는 이제 경쾌한 멜로디가 흘러나오고 있었다. 나는 아바의 노래가 주는 친근함과 낯선 이들이 들이닥칠지도 모른다는 불안감을 동시에 느꼈다. 정원에게 전화하고 싶었다. 내가 생각하는 건 당신뿐. 내가 미쳐간다고 느껴질 때도 있어. 하지만 괜찮아. 오늘밤, 무대에 오르면 모든 것이 달라질 테니까.

두 남자를 다시 본 순간, 마치 꼭 그러기로 되어 있었던 일처럼 여겨졌다. 낮에 카페에 왔던 두 남자가 입구 쪽으로 걸어오고 있었다. 그런데 서로 이야기를 나누며 미소 짓기도 하는 그들을 보면서 이미 긴장이 풀어지고 있는 걸 느꼈다. 그래도 나는 입구에 바짝 붙어서서 두 사람이 모두 카페로 들어올 때까지 기다렸다. 그들은 지체하지 않고 바 테이블에서 가장 가까운 테이블에 앉았다. 그때까지도 나는 움직임 없이 문 옆에 서 있었다. 두려움 같은 건 이제 없었다. 하지만 경계심을 푸는 것도 한 번에 되지는 않았다. 나를 향해 한 남자가 말했다. 가능한 한 조용하게 해줄 수 있을까요? 인터뷰 녹음 좀 하려고요. 그런 뒤 바로 커피를 주문했다.

나는 손님에게 나갈 커피를 준비했다. 음악도 꺼주었다. 조용한 가운데 질문자의 목소리가 들렸다. 처음부터 짚어볼게요. 왜 그렇게 큰 빚을 떠안게 됐습니까? 어려운 이야기를 꺼내놓는 듯 답변자의 말은 조용하고 느렸다. 내용이 다 파악되는 건 아니었지만 불행한 과거에 대해 말하고 있다는 것은 알 수 있었다. 담담한 태도와 말투였지만 생각보다 큰일을 겪었을지도 모르겠다는 생각이 들었다. 이미 지나간 일이기에 저렇게 이야기할 수도 있는 거라는.

나는 남자의 사연을 굳이 더 듣고 싶지는 않았기에 책을 들고 입구 쪽으로 갔다. 인터뷰 중에 다른 손님이 카페로 들어온다면 최대한 조용히 맞이하자고 생각했다. 저들이 되돌아가보는 처음, 그때가 정말 처음이 맞을까? 하고 막연히 생각해볼 뿐 나는 곧 편안한 상태에 젖어들었다.

거리는 이제 어두웠다. 카페 안과 밖의 밝기가 같아지자 까만 유리에 걸려 있는 네온 불빛이 공중에 떠 있는 것처럼 보였다. 그 옆으로 내 모습이 비쳤다. 투명한 형상에 도로의 차들이 겹쳐 지나갔다. 옅게 들려오는 차 소리가 일정한 리듬을 띠었다. 고요했다. 그 정적을 깬 건 한 여자의 웃음소리였다. 한 쌍의 남녀가 횡단보도 앞에서 신호를 기다리고 있었다. 다정해 보였다. 나도 딱 저 위치에 정원과 서 있던 적이 있었다. 저렇게 웃기도 했었다. 남과 여의 모습을 보다가 문득 내게 아무 일도 일어나지 않아 다행이라는 생각이 들었다. 그런데 순간, 생각지도 못했던 공포심이 일었다.

진짜 불행은 예고 없이 찾아올 것이었다. 아무것도 알아차리지 못했을 때 일어나고, 벌어진 뒤에나 알게 될 것이었다. 나는 책에 끼워져 있는 정원에게서 온 편지를 꺼냈다. 펼쳐들고 흐린 조명 빛을 비춰 다시 읽었다. 다 쓰고 난 편지의 귀퉁이에는 다른 날 덧붙인 내용이 있었다.

스페인군 주둔지에서 폭탄테러가 있었어.

걱정하지 마. 여긴 안전하니까.

그런데 집이 그리워.

돌아가고 싶어.

네가 얼마나 보고 싶은지.

보고 싶다. 나는 그 말뜻을 알지 못하는 사람처럼 멍하니 글씨를 바라보았다. 보다, 와는 분명 다른 말이었다. 보기를 원한다는 말, 하지만 볼 수가 없다는 말. 한자 한 자 뜯어볼수록 많은 생각이 스쳤다. 편지지 앞에 펜을 들고 앉아 있는 정원의 모습이 머릿속에 그려졌다. 그러자 한 번도 본 적 없는 다른 나라의 밤과 아침이, 햇살과 바람이, 건조한 흙냄새까지도 그리웠다. 바

쁘거나 무료한 하루의 어디쯤에서 정원은 내게 편지를 썼을까. 내가 한곳에 머물러 있듯, 정원은 단지 떠났을 뿐이라면. 책갈피의 편지가 조명에 물들어 주홍빛으로 보였다. 익숙한 빛깔, 그 결을 타고 인터뷰하는 남자의 목소리가 들려왔다. 꼭 찾을 거예요.

나는 밖으로 시선을 돌렸다. 한 쌍의 남녀 중 여는 아직도 카페 앞 도로변에 있었다. 이미 횡단보도를 건넌 남이 뒤돌아 크게 손을 흔들었다. 뒷모습의 여도 손을 흔들었다. 남은 여의 손짓에 반응하듯 장난스럽게 대자로 번쩍 뛰어올랐다. 뮤지컬 배우처럼 점프력이 좋아서 나는 약간 놀랐다. 남이 내리막 골목길로 내려가자 여도 돌아섰다. 몇 걸음 걷던 여는 다시 뒤돌아섰다. 지나가는 차들이 미세하지만 분명한 힘으로 여를 가로막고 있는 것처럼 느껴져 나도 모르게 한 걸음 뒤로 물러났다. 뮤지컬의 세계에서와 같다면 여는 이제 춤을 출 차례였다.

여의 눈동자에 비치는 거리 풍경이 스크린 속 영상처럼 유리벽에 떠오른다. 여는 한쪽 손을 앞으로 뻗는다. 고개를 비스듬히 숙인다. 느리게 다시 거둬지는 여의 팔, 제자리를 맴도는 여의 몸짓. 뛰어오르지만 여전

히 같은 자리다. 움직이지만 나아가지 못한다. 행인,
여의 허리를 잡고 들어올린다. 일자로 높이 뻗는 여의
몸. 그대로 다시 내려오며 발끝부터 천천히 땅을 딛는
다. 행인은 다시 길을 간다. 여가 고개 돌려 나를 본다.
파랑 신호등이 켜졌다. 막상 차들이 멈춰 서자 여는 그
제야 가던 길을 향해 돌아섰다. 나는 책장 사이에 다시
편지를 끼웠다. 그리고 마치 책을 읽고 난 듯 책장을 덮
었다. 유난히 진도가 더디 나가던 책을 한순간 다 읽어
버린 느낌이었다.

　피곤함이 밀려왔다. 침대에 편안히 누워 잠을 자고
싶었다. 그러면 꾸다 만 꿈을 이어서 다시 꿀 수도 있
을 것 같았다. 나는 꿈속에서 어쩌면 정원에게 가고 있
었는지도 몰랐다. 텅 빈 거리 위로 침몰하던 배가 겹쳤
다. 아바의 노래가 머릿속에서 반복 재생되었다. 잡아
보려고 해도 언제나 내 곁에서 멀어져갔어. 우리가 꿈꿔왔던
여행, 그 멋진 계획은 다 어디 갔나.

　나는 정원에게 들려줄 꿈 이야기를 머릿속에 그려
보았다. 침몰한 배에서 내린 사람들이 바닷가 호텔로
간다. 호텔 여주인이 우리를 반갑게 맞는다. 여주인은

지진경보가 내렸으니 조심할 필요가 있다고 말한다. 하지만 크게 걱정하지는 않아도 된다고. 나는 파라솔 그늘에 앉는다. 시원한 맥주를 마시며 바다를 내려다본다. 햇살에 바다가 반짝거린다. 요트가 떠다닌다. 그 곁에서 수영하는 사람들이 작은 점처럼 보인다. 눈이 부셔 눈을 감는다. 낮잠을 잔다. 누군가가 나를 깨운다. 눈을 뜨자 지진이 났었다고 한다. 나는 자리에서 일어난다. 지진으로 갈라져 있는 땅을 한 발에 가볍게 뛰어넘는다. 그렇게 한 발 한 발 뛰어 모두가 식당으로 모여든다. 누군가 맛 좋은 음식을 씹으며 말한다. 여긴 파라다이스야. 되묻는 소리가 들린다. 파라다이스? 또 다른 사람이 끼어든다. 그렇지, 치명적인 불행이 없는 곳, 이곳에서는 아무도 다치거나 상처받지 않아. 나는 내가 줄곧 담담했음을 떠올린다. 그리고 곧 꿈을 꾸고 있다는 걸 알아차린다. 그래서 나는 상심한다. 고개 들어 멀리 바다를 본다. 시원한 바다 위를 날면 어떨까. 아니, 하늘을 걸어도 괜찮겠지. 그러면 정원이 있는 곳까지 갈 수 있을까. 하지만 나는 그러지 않기로 한다. 그보다 꿈에서 깨면 정원에게 편지를 쓰겠다고 생각한다. 딸깍 소리가 나며 음악이 멈쳤다.

나는 탁상달력을 넘겨 날짜를 확인했다.

빈 편지

최가은(문학평론가)

아직 서해엔 가보지 않았습니다

어쩌면 당신이 거기 계실지 모르겠기에

(······)

당신이 계실 자리를 위해

가보지 않은 곳을 남겨두어야 할까봅니다

내 다 가보면 당신 계실 곳이 남지 않을 것이기에

−이성복, 「서해」 부분

장재희의 첫 소설집 『밤과 낮』을 관통하는 소재는 어

쩌면 편지일지 모르겠다. 세 소설의 발원지처럼 보이는 단편 「수몰」이 자신의 이야기가 다름 아닌 이성복의 「편지」로부터 발송되었음을 은근히 암시하는 까닭이다. 그러나 이번 소설집이 써내려가는 편지의 성격은 이성복의 다른 시 「서해」에서 온 것 같다. 『밤과 낮』은 당신이 계실지 모르겠기에 그곳에 가보지 않는 마음, 혹은 당신이 계실 자리를 마련해놓기 위해 결코 그곳만큼은 향하지 않는 이상한 마음에 관한 이야기이다.

생각해보면, 편지는 바로 저 이상한 마음 자체이기도 하다. 원하는 이에게 특별한 메시지를 전달하기 위한 편지는 소통을 목적으로 한다. 그런데 어째서인지 자신의 목적을 달성한 편지, 즉 소통에 성공한 편지는 좀처럼 편지로 기억되는 법이 없다. 나에게 혹은 당신에게 완벽하게 닿은 편지는 "너무 많이 읽어 거의 외울 정도"의 격언이 되거나, "굳이 다시 읽고 싶지 않"을만큼 "모범적"(「정오의 희망곡」)인 메시지로 남는 탓이다. 그런 메시지로부터 우리는 '읽히지 않은 말', 이라는 편지의 오랜 비밀을 떠올리지 않는다.

반면 도착지에 영원히 닿지 못하는 말, 부치지 못한

마음은 우리를 계속해서 다음의 이야기로 이끄는 편지
가 된다. 장재희의 소설집을 떠도는 편지 조각들이 하
나의 거대한 '편지'로 이해되는 이유도 그들이 모두 출
발과 도착에 고루 실패한 말의 더미이기 때문이다. 이
곳의 "버려진 편지"들(「수몰」)은 갈 곳을 잃은 채로 쌓
여만 가거나, 오래전 덮은 책장 속의 책갈피가 되어 쉽
게 펼쳐지지 않는다.

그런데 『밤과 낮』이 보여주는 것은, 바로 이 편지의
실패를 결정적 조건으로 삼는 특정한 관계의 발생이
다. 이곳의 편지는 당신이 있을 지도 모를 곳을 향하지
않음으로써 당신의 자리를 마련하겠다는 저 이상한 마
음을 보존하고, 나아가 그것을 중심으로 기묘한 관계
들을 형성해낸다.

*

서경은 탁자에 놓여 있는 커피잔을 바라봤다. 커피잔을
자신 앞으로 당겨놓았다. 몇 모금 마시지 않은 까만 액체

가 출렁였다. 맞은편 자리를 보았지만 애초에 다른 이를
위한 의자는 준비되어 있지 않았다. 침대, 탁자, 의자, 1인
용 소파. 두 사람이 공유하는 공간이라고는 믿기지 않을
만큼 모든 게 하나씩, 단출하게 자리를 지키고 있었다.

―「밤과 낮」중에서

「밤과 낮」에서 모하와 서경이 공유하는 오피스텔은
실패한 편지를 바탕으로 두 사람만의 특별한 관계가
발생하는 장소이다. 같은 공간을 공유하는 이들 두 여
자는 첫 만남 이후 한 번도 마주친 적이 없다. 소설이
진행되는 내내 이들 사이에 그렇다 할 대화가 이루어
지지 않는 이유이다. 물론 이들이 상대와의 특별한 대
화나 다정한 접촉을 기대하는 것 또한 아닌데, 이 오피
스텔은 외려 그러한 일상적 소통의 반대를 위한 공간
이기 때문이다.

그러나 "애초에 다른 이를 위한 의자는 준비되어 있
지 않"은 곳, "두 사람이 공유하는 공간이라고는 믿기
지 않을 만큼 모든 게 하나씩, 단출하게 자리를 지키고
있"는 이곳에서 둘은 다른 이들과의 관계에서는 만들
기 어려웠던 공간감을 얻는다. 이는 모하와 서경 둘 다

각자의 선을 설정하고, 그것을 지킬 줄 아는 일을 일종의 배려나 친절함으로 느끼는 인물이기 때문만은 아니다. 서로를 끝내 이름이 아닌 '여자'라고 지칭하는 이들에게, 이 공간이 말 그대로 그들만의 다른 '관계'가 되는 것은 "여자와 모하 사이에 일어난 첫번째 사건", 바로 '문샤인'이라는 존재와 그것이 상징하는 유예된 시공간 때문이다. 문샤인은 "생장력이 강한 종"으로서 상시적인 돌봄을 필요로 하지 않는다. '상시적이지 않은 돌봄 요구'라는 이 까다로운 문제는 그것을 한순간 시들게 만드는 주된 원인이 될 수 있다. 너무 많은 물을 주어서도, 너무 적은 물을 주어서도 안 되는 이 예민한 식물의 존재는 늘 넘치거나 모자라기 직전의 상태를 유지함으로써만 위태롭게 살아 있을 수 있는 관계들에 대해 생각하게 한다.

장재희의 소설집에서 위태롭지 않은 관계는 죽은 관계이다. 그리고 위태로움은 편지를 다루는 방식에서 결정된다. 「수몰」의 '나'가 기억하는 죽은 관계 역시 편지로부터 가시화되고, 편지를 통해 완결된다. 어느 날 느닷없이, 그러나 매우 정확하게 도착한 아빠의 편지는 엄마에게 즉각 "불필요한 소식"으로 번역된 적이 있다. 편지란 발신자의 입장에서 제시간에 제대로 전달될 때조차 불시착하는 것이다. 편지의 운명이 언제나 실패하는 것이라면, 두 사람에게 중요한 것은 실패한 그것을 "불필요한 소식"으로 폐기처분하는 일도, 성공을 위해 안전하고 정확한 발신을 새롭게 고안하는 일도 아니다. 이들 관계의 지속 여부는 실패한 편지가 실패인 채로 남아 존재할 수 있도록 함께 힘쓰는 것, 다시 말해 당신이 있을 그곳으로 당장이라도 달려가고 싶은 마음을 기꺼이 간직한 채로, 그곳을 끝내 빈자리로 남겨두는 일에 달려 있다.

  '모하'와 '서경', '나'와 '아버지', 그리고 '나'와 '정원' 사이에는 버려진 편지들이 가득하다. 이들은 모두 그곳 어딘가에 온전히 번역될 수 없는 마음이 있다는 사실을 수긍한다. 가령 「수몰」의 '나'가 아버지의 흔적을 찾으러 간 '이레네 집'에서 잘못 도착한 편지의 수신인이 될 때, '나'는 그 무수한 편지를 열어보지 않은 채 오직 편지에 대해 생각한다. 편지의 남겨진 빈 곳은 편지의 실체를 밝히는 일에 쓰이는 것이 아니라, 아버지에 관한 읽히지 않는 기억을 이어 쓰는 장소가 되는 것이다. 「정오의 희망곡」의 '나'에게도 독해가 불가능한 편지 한 통이 도착한다. 어느 날 '나'는 레바논으로 떠난 '정원'으로부터 '보고 싶다'는 말이 적힌 편지를 받는다. 그러나 '나'는 "그 말뜻을 알지 못하는 사람처럼 멍하니 글씨를" 바라보기만 한다. 종이 위에 내버려 둔 글씨는 다시금 편지의 빈자리가 되고, '나'는 그곳에 정원에게 들려줄 꿈 이야기를 쓴다.

『밤과 낮』은 이처럼 읽히지 않는 곳을 남겨둠으로써, 당신에게 쓰일 다음 편지의 자리를 마련해놓는다. 그 가운데 발생하는 소통이란 묘한 것이다. 누군가 편지에 관해, 당신과 서로 닿지 않는 이 편지를 주고받는 상대는 대체 누구냐고, 혹시 모르는 사람인 것은 아니냐고 물을 때, "이제는 아는 사람이지"(「밤과 낮」)라는 다소 이해하기 어려운, 그러나 분명한 진실인 대답을 내놓게 만들기 때문이다.

그런데 말을 제대로 섞지도 않고, 편지에 쓰인 말을 다 읽어낼 수 없는 이들은 어떻게 서로를 '이제는 안다'고 말할 수 있는 걸까. 서로에 대한 이해와 얇은 문사인이 두 여자의 공간으로부터 잠시 자리를 비운 시간에 가장 강도 높게 발생한다. 장재희의 소설집이 말하는 바, 관계를 살아 있게 하는 가장 눈부신 속성은 이

위태로운 시간 속에 있다. 『밤과 낮』이 포착하고 무대
화한 문샤인의 부재가 그것을 상징한다. 두 여자의 공
간으로 화분이 생생하게 되돌아오거나, 완전히 시들어
버려 돌아올 수 없을 가능성이 공존하는 시간. 이 불/
가능의 세계에서 모하는 서경을, 서경은 모하를 생각
하고 서로에게 전달해야만 할 최소한의, 그러나 정확
한 최대치의 말을 수없이 다듬게 되기 때문이다. 미래
를 도무지 점칠 수 없는 아득한 정적의 시간, 그러므로
무한한 잠재성의 시간이기도 한 이때가 바로, 우리들
의 편지가 "결정적으로" 쓰이는 '오늘'인 것이다(이성
복, 「편지」).

　　뱃사람의 말이 생각났다. 이제 섬에는 이주를 앞둔 소수
　　의 주민과 나무를 베는 작업을 지휘하는 간부와 인부 몇
　　만이 남아 있다는. 그들도 모두 떠나면 이 섬에 드나드는
　　일은 어려워지지 않겠느냐고. 나는 뱃사람에게 물었다.
　　아직 섬을 찾아오는 사람들이 있나요? 뱃사람은 방문객
　　이 드물지만 끊이지는 않았다고 했다. 수몰되는 섬을 보
　　고자 일부러 찾아오는 사람들이라고.
　　뱃사람은 그들의 모습을 기억해냈다. 며칠 동안 그림을

그리다 간 어린 커플, 오가는 동안 한마디도 하지 않았던 젊은 엄마와 아이, 건물의 한 면이 부서지고 입구에는 잡풀이 무성한 버려진 여관에 관해 묻던 사내를. 뱃사람이 이어 말했다. 혼자 찾아오는 사람도 꽤 있지요.

―「수몰」 중에서

그리고 이 이상한 '오늘'을 가능케 하는 편지의 빈 공간은 「수몰」에서 버려진 섬으로 상징된다. 매일같이 가라앉는 섬. "새롭게 자리를 잡는 사람은 아무도 없"는 이곳은 모든 것이 사라져가는 유령 같은 섬이다. 그러나 여기에도 누군가는 있다. 남아 있는 일을 처리하러 온 사람들, 떠난 이의 흔적을 찾아온 사람들, 자신의 죽음을 맞기 위해, 혹은 섬의 느린 죽음을 목격하기 위해 가라앉는 중인 섬을 구태여 떠나지 않거나 부러 찾아오는 사람들이 있는 것이다. 우리는 이들이야말로 수신자와 발신자로 지칭되지 않는, 그러나 도착하지 않는 편지를 끝내 편지로 이어 쓰는 사람들이라고 말할 수 있다.

이 섬에서는 모두가 특별한 종류의 기억을 공유한다. 공유되는 그것은 각자의 "오래전 잊힌 시간"으로

부터 온다. 아무것도 아닌 일들이지만 어딘가 분명히 남아 떠오르는 것(「밤과 낮」), 그러나 확실히 "기억하는 시절에 있었던 일은 아닌 듯"(「수몰」)한 희미한 장면들이 선명한 어제의 "꿈"과 겹치며(「정오의 희망곡」) 인물들 사이를 떠돈다. 이 파편화된 기억은 편지를 둘러싼 그 누구의 소유도 아니기 때문에 하나의 이야기에 정합되지 않고, 한 장면으로 귀속되지도 않는다. 그것은 편지의 '오늘'을 써나가는 텅 빈 공간이 되어 전혀 모르는 이들을 '아는 사람'으로 이어준다.

> 모하는 창밖 길가에 늘어선 가로수를 바라보았다. 푸른 잎이 바람에 흔들렸다. 한동안 잎들을 바라봤다. 오피스텔에 처음 들어섰을 때, 모하의 시선을 단번에 사로잡았던 풍경이었다. 모하는 풍경에 다가가듯 창문을 열었다. 어스름에 짙어진 잎들이 잎 내음을 풍겨왔다. 옆집의 웃음소리가 선선한 바람에 실려왔다. 관계가 가늠되지 않는 젊은 남녀의 말소리가 단조롭게 이어지고 있었다.
>
> —「밤과 낮」 중에서

이를테면 위와 같은 장면들. 모하가 문샤인의 처진

잎을 생각하며 오피스텔의 창문을 열 때, 열린 방의 고요함을 방해하듯 채워가는 "잎 내음" "옆집의 웃음소리" "선선한 바람"은 편지에 실시간으로 쓰이는 글자들이다. 동일한 창문 앞에서 그 글자들의 흔적을 감지하며 서경은 전달된 편지의 내용이 무엇인지, 자신이 "언제라도 저런 그리움을 느낀 적이 있었던지, 알고는 있었던 감정인지" 곤란하다고 생각한다. 한 번도 가진 적 없는, 따라서 내 것이랄 수 없는 그런 그리움을 공유하는 동안 두 여자가 속한 다른 시간대의 시선이 교차하며 둘만이 아는 '이해'가 발생하는 것이다.

> 각자의 시간에 집에 머물 뿐 두 사람은 서로 간 쪽지 한 장 남기는 법이 없었다. 그렇게 공존하는 방식이 모하는 마음에 들었다. 비로소 자신만의 공간을 누리고 있다고 느꼈다.
>
> ─「밤과 낮」 중에서

여전히 이들은 각자의 시간에 머물고, 서로 간 쪽지 한 장 남기지 않는다. 그러나 그것은 둘에게 분명한 공존이며, 동시에 자신만의 공간을 누리는 일이다. 상대가 남겨둔 빈 편지를 통해 편지의 수신인은 비로소 그 편지가 쓰이는 자리에 가볼 수 있다.

그 가운데『밤과 낮』이 유지하려는 위태로움은 당신 너머의 당신을 만들어낸다. 이성복의 '편지'와는 달리 세 소설이 두 사람만의 장면에 머물지 않는 이유이다. 빈 편지는 모하의 할머니가 화분에 물을 과하게 주는 시간, 서경의 남편이 레스토랑에 홀로 머무는 시간으로, 혹은 수몰섬으로, '나'의 좁고 어두운 카페로 끝없이 이동하며 다른 관계의 가능성을 꿈꾸게 한다. 빈 공간을 사이에 둔 공존. 그것은 상대와 합일되거나, 상대를 모조리 읽어내는 사랑, 상대로부터 완벽히 이해받는 사랑의 눈부심과는 다르고 그보다 훨씬 어렵다. '당신'을 다 읽어내지 않음으로써 당신의 자리를 마련하려는 저 간절한 마음은, 각자의 공간에 다른 당신들의 자리를 발명해낼 제법 강력한 방법일지 모른다.

소설집의 마지막 장면에서까지 '나'는 스스로에게 다음과 같이 묻고 답한다. "정원이 있는 곳까지 갈 수 있을까. 하지만 나는 그러지 않기로 한다."(「정오의 희망곡」) 그러지 않기로 하는 마음. 그것이『밤과 낮』의 편지가 우리에게 전달하는 '이해'와 '공존'의 다른 의미이다.

작가의 말

오래전 내가 머물던 곳에는 늘 같은 노래가 흘렀다.
처음 그곳에 갔을 때부터 있던 음반 몇 개가 번갈아 돌
아갔다. 이를테면 카펜터스나 아바의 노래들이었다.
굳이 다른 노래를 찾아 들을 생각은 하지 않았던 것 같
다. 같은 노래가 지겹지 않았고 좋을 때도 많았다. 노
래가 반복되는 동안 해가 바뀌었고, 나는 나이를 먹었
고, 장소 또한 낡아갔다. 그곳에서 많은 시간을 보냈지
만 기억나는 일은 별로 없다. 아니, 기억이 나긴 난다.
그런데 보통은 아무것도 아닌 일들이 떠오른다. 내다
본 거리의 풍경이나 오가는 사람들의 모습이나.

당연히 그것뿐일 리는 없다. 너무 슬프거나 기쁜 일은 감당하지 못한 채 지나가버리고, 어떤 일들은 그것이 정말 있었던 일인지조차 의심하기에 이른다. 나는 거기 있었을까. 그 시절을 겪었을까. 그게 내 기쁨이, 슬픔이 맞을까. 내가 느껴도 되는 감정일까.

수록작 「정오의 희망곡」의 원제목은 「불안」이었다. 소설의 중심이 되는 정서를 제목으로 가져온 거였다. 소설을 수정하는 과정에서 그 안에 계속 흐르던 노래에 대해 다시 생각했고 이장욱 시인의 「정오의 희망곡」이라는 시를 읽게 되었다. 시를 곱씹으며 조금은 낯선 시선으로 소설을 다시 들여다보았다. 이것은 이제는 돌아갈 수 없는 시절의 이야기이다. 소설의 화자는 앞으로 세상에 무슨 일들이 일어날지 모르고 있다.

「수몰」은 애초 한 편의 시에서 시작했다. 이성복 시인의 「편지」를 읽고 가졌던 질문이 이 소설을 쓰게 했다. 당연히 소설의 제목은 「편지」였다. 제목이 바뀐 건 천용성의 앨범 《수몰》을 듣고 나서였다.

「밤과 낮」에서는 멀리서 본 건물의 모자이크 형상에 머무는 사람들의 이야기를 그려보고자 했다. 밤과 낮도, 건물의 방들도 각각의 방식으로 나누어져 있지만 그 구조는 이미 연결되어 있는 것이기도 하다. 제목은 배우이자 무용가인 프레드 아스테어의 뮤지컬영화에 흘러나오는 감미로운 음악에서 나왔다. 서로 다른 시간, 같은 노래를 듣는 것만으로 두 여자 사이에 작은 공명이 일어날 수 있을지 생각한다.

세 편의 소설은 서로 다른 시기에 썼다. 시간이 흐르고 때로 제목이 바뀌면서도 늘 그 안에 있는 건 무엇인지 생각해보았다. 나는 항상 어떤 흐릿한 행동에 매료되었는데 반복해서 흐르던 노래와 바라보던 풍경은 어쩐지 선명하다. 나에게 있어 소설에서 결국 변하지 않는 것이 있다면 그건 정서나 주제, 인물이 아니었다. 그것과 상관없이 소설의 중심에는 어떤 노래가 계속 흐르고 있다는 걸, 내가 글을 쓰는 건 그 노래를 찾기 위해서가 아닐까, 찾아 누군가에게 들려주고 싶기 때문이 아닐까, 생각했다.

소설을 쓴다는 것은 책을 낸다는 것은 감사한 마음을 거듭 갖게 되는 일이었다. 교유서가의 신정민 대표님께, 해설을 써주신 최가은 평론가님께 감사드린다. 지켜보고 응원해준 소중한 가족과 친구, 동료들, 나의 밤과 낮에 늘 빛나는 낮달, 반복되는 풍경 속에 있는 창작동인 반상회 멤버들에게 깊은 감사와 애정을 전한다.

장재희

2022년 앤솔러지 『마스크 마스크』에 참여했고, 2023년 문장 웹진을 통해 소설을 발표하기 시작했다.

밤과 낮

초판 1쇄 인쇄 2023년 12월 12일
초판 1쇄 발행 2023년 12월 22일

지은이 장재희

편집 이경숙 정소리 | 디자인 윤종윤 이주영
마케팅 김선진 배희주 | 저작권 박지영 형소진 최은진 서연주 오서영
브랜딩 함유지 함근아 고보미 박민재 김희숙 박다솔 조다현 정승민 배진성
제작 강신은 김동욱 이순호 | 제작처 천광인쇄사

펴낸곳 (주)교유당 | 펴낸이 신정민
출판등록 2019년 5월 24일 제406-2019-000052호

주소 10881 경기도 파주시 회동길 210
문의전화 031.955.8891(마케팅), 031.955.2692(편집), 031.955.8855(팩스)
전자우편 gyoyudang@munhak.com
인스타그램 @gyoyu_books | 트위터 @gyoyu_books | 페이스북 @gyoyubooks

ISBN 979-11-92968-98-8 03810

이 책은 경기도, 경기문화재단의 지원을 받아 발간되었습니다.